Scrittori del Novecento

D1188814

Vasco Pratolini
Le ragazze di Sanfrediano

Arnoldo
Mondadori
Editore

Vasco Pratolini

Cenni biografici

Vasco Pratolini è nato a Firenze il 19 ottobre 1913, da una famiglia del popolo, in quei luoghi (Via de' Magazzini Via del Corno Quartiere di Santa Croce) che andranno a formare lo sfondo di tante sue opere. Fece svariati mestieri, ma intanto cominciava a manifestarsi la vocazione letteraria: « La mia fortuna è che non sono stato un autodidatta confusionario, non ho mai letto male. La mia università sono state le edizioni Sonzogno, ma leggevo anche tanti libri di storia, svaligiavo gli scaffali di Ottone [Rosai]. Avevo due passioni, strane l'una accanto all'altra: Dostoevskij e Döblin... E negli intervalli che mi concedeva il lavoro, scrivevo raccontini... Così, venne una certa età... dopo tutto quel poligrafismo cominciai a chiedermi seriamente perché scrivo, e con tutte le mie letture mi accorsi di essere ignorante. Presi una decisione, lasciai il lavoro e mi misi a studiare ».[1] Ma i sacrifici, le privazioni e gli strapazzi lo condussero... alla malattia, tanto da dover essere ricoverato nel sanatorio di Arco di Trento e poi in quello di Sondalo presso Sondrio. Nel '37 cominciò a collaborare a "Letteratura", la rivista di Alessandro Bonsanti, dove pubblicò recensioni e un racconto, *Prima vita di Sapienza*, che contiene in nuce la tematica del primo Pratolini. Nell'anno successivo, fondò con Alfonso Gatto il quindicinale "Campo di Marte", rivista ermetica nell'impostazione, cui collaborarono i migliori tra i giovani ingegni critici del momento.

Quando "Campo di Marte" venne soppresso, Pratolini lasciò Firenze e andò a Roma, per impiegarsi al ministero dell'Educa-

[1] La dichiarazione è stata fatta a A. Barbato per l'articolo: *Il nipote di Metello*, in "L'Espresso", 2-12-1962.

zione Nazionale (ministero della Pubblica Istruzione). Partecipò in seguito alla Resistenza col nome di Rodolfo Casati.

Pratolini ha vinto alcuni premi letterari tra cui il "Libera Stampa" nel 1947 con *Cronache di poveri amanti* e il "Viareggio" nel 1955 con *Metello*. Nel 1957, l'Accademia dei Lincei gli ha conferito il premio della Fondazione Antonio Feltrinelli per tutta l'opera narrativa. È uno dei romanzieri italiani più tradotti all'estero.

Pratolini s'è anche occupato di cinema e di teatro. Ha collaborato a soggetti e sceneggiature cinematografiche, con Rossellini, Visconti, Bolognini, Loy, ecc. Quattro film sono stati tratti da sue opere: *Cronache di poveri amanti* (1954, regia di Lizzani), *Le ragazze di Sanfrediano* (1955, regia di Zurlini), *Cronaca familiare* (1962, regia di Zurlini), *La costanza della ragione* (1964, regia di Festa Campanile). Ha scritto il radiodramma *La domenica della buona gente*, in collaborazione con G. D. Giagni (in "Sipario", 1952, 76-77) da cui è stato tratto il film omonimo; *Lungo viaggio di Natale*, dal racconto omonimo (in "Teatro d'Oggi", Bompiani, 1954, 11-12) e un atto unico, *Ellis* (in "Questo e altro", 1963, 5).

Pratolini ha tradotto *Bubu di Montparnasse* di Charles-Louis Philippe, scrittore a lui, in un certo momento almeno, molto affine per l'ispirazione (Milano, Rosa e Ballo, 1944), *Il ladro di ragazzi* di Jules Supervielle (Milano, Bompiani, 1949), *Cose viste* di Victor Hugo (Einaudi, 1942; Mondadori, 1965, coll. BMM). Ha curato un'edizione de *L'eredità* di Mario Pratesi (Milano, Bompiani, 1942).

Lo scrittore è scomparso a Roma nel gennaio del 1991.

motive

Analisi del romanzo

Circostanze della composizione. Le ragazze di Sanfrediano, scritto durante il 1948, uscì dapprima in rivista («Botteghe Oscure», Quaderno III, autunno 1949), e solo qualche anno più tardi, nel 1954, venne raccolto in volume, presso l'editore Vallecchi. L'opera rappresenta un libro a sé nella produzione pratoliniana, e si configura come un garbato e sapiente *divertissement* letterario, posto come una pausa tra la ricerca precedente (culminata nel *Quartiere* e nella *Cronaca di poveri amanti*) e il vasto affresco storico di *Metello*, che uscirà nel '55.

Il libro, in certo qual modo, fa *pendant* al *Quartiere*: entrambe le opere sono rappresentazioni corali della vita di un rione popolare di Firenze, ed hanno alcuni giovani come protagonisti; ma mentre il primo racconto si svolge sul registro drammatico ed è munito di una sua intrinseca dimensione politica, *Le ragazze di Sanfrediano* si sviluppa sul versante giocoso, come testimonia il richiamo alle antiche novelle e alle cronache, fatto dall'autore in apertura di libro. Del resto, non è un caso che, a questo punto del suo lavoro, per scrivere un'« avventura dei nostri giorni », Pratolini abbia abbandonato il *suo* quartiere, quello di Santa Croce, per portare uno sguardo più libero e distaccato su un rione al quale non fosse legato da troppe intime e sofferte memorie, quello di Sanfrediano, appunto.

La vicenda. Un bel giovane, Aldo Sernesi, detto Bob, per la somiglianza con l'attore Robert Taylor, fa battere tutti i cuori delle giovani sanfredianine. Profittando della sua avvenenza, al tempo stesso virile e aggraziata, « il giovanotto dalle belle ciglia » regge le fila di più flirt contemporanei, dando naturalmente ad intendere ad ognuna delle « fidanzate » di essere la sola amata. Per questo « rubacuori di quartiere », l'amoreggiare costituisce uno sport e un rito, e, in definitiva, una profonda ragione di vita. Tutto sembra andargli a gonfie vele, se non che una delle innamorate, la furba Tosca, insospettita, scopre il gioco di Bob, e ordisce con le altre belle una congiura che si concluderà, boccaccescamente, con una crudele beffa ai danni del vagheggino, in una notte di luna, sul prato delle Cascine.

Struttura e stile. Giustamente, Arnaldo Bocelli ha osservato che Pratolini torna qui « ai suoi motivi con animo leggiero » e « vuol darci, una volta tanto, non l'aspetto drammatico, ma comico di quell'ambiente, di quella vita, rifacendosi ad una tradizione, tutta toscana, e fiorentina, e non pur narrativa ma teatrale, della canzonatura e della beffa, dell'orgoglio rionale, specie in fatto di bellezza di donne e di gagliardia di uomini, di astuzia e di ardire ». Scherzo, ritmo rapido e giocoso dell'azione, taglio teatrale dei dialoghi, spesso ammiccanti al vernacolo fiorentino, sottile ironia serpeggiante anche nelle parti più serie dell'opera: queste le caratteristiche del racconto che, nell'ambito limitato che vuole consapevolmente coprire, può senz'altro ascriversi alle riuscite della produzione pratoliniana.

Si è voluto, da parte di qualche critico, mettere in risalto negativamente l'elemento saggistico che intralcerebbe il libero andamento della vicenda. Ma il saggismo pratoliniano, che si esplica qui soprattutto nei ritratti psicologici dei personaggi, fa già parte, salvo qualche pagina stanca, dell'azione ed è parte integrante dell'opera. Si badi, ad esempio, alle pagine in cui viene descritto Bob. La caratterizzazione è esauriente, sia dal punto di vista fisico che da quello morale: l'autore è come affascinato dal suo personaggio, anche se sembra accanirsi a metterne in piena luce l'intrinseca inconsistenza e povertà. Ma la perfetta adeguazione a una parte, in questo caso quella del bel rubacuori, ha pur sempre un suo incanto; e occorre dire che Pratolini mise nel conto, quando ancora non se ne parlava, il ruolo mediatore dell'industria culturale; per cui se il Gobbo era Rodolfo Valentino, Aldo è Bob (Taylor), e il suo successore, Fernando, sarà Tirone (Power). Atemporalità del quartiere, si dice: ma sua fondamentale storicità, sia pure sul registro superficiale del costume.

Se da una parte Bob è un Don Giovanni degradato, un « Casanova di suburbio », come dice Pratolini (che deve forse aver avuto presente il saggio di Gregorio Marañon sul dongiovannismo, e l'insistere sulla viltà, l'intima debolezza e la malcelata effeminatezza del protagonista, fa pensare a questo riferimento); d'altra parte, per la sua unione con Gina, sua « complice » ed unica amante, vien fatto di pensare, anche se di passata, alle *Liaisons dangereuses*, e di scorgere in Bob un Valmont di quartiere e in Gina una inoffensiva Merteuil. Aldo-Bob è comunque il vero centro del racconto, anche se questo viene intitolato dall'autore alle ragazze. Il vero protagonista è il giovane, le fanciulle sono soltanto comprimarie, ben rivelate, ma rapidamente sbozzate nella psicologia, come se loro funzione fosse quella di avviare e condurre la storia allo scioglimento, con la classica beffa. Quanto a questa, è da dire che, ortodossa nella forma, è moderna nella sostanza, per il disagio, la sofferenza che conduce nei protagonisti, per quel non chiudersi in sé e prospettare il futuro di Bob inserito nuovamente, dopo lo scorno, nel quartiere e fidanzato con Mafalda.

Il romanzo si compone di quattordici brevi capitoli, ciascuno recante un titolo a impronta gnomica o ironica. L'elemento « giocoso » dell'opera si riflette anche, ed è naturale, nello stile, che giunge a un felice compromesso tra sapiente letterarietà e sprezzatura vernacola; il che accentua il carattere di scherzo, di *divertissement*, che segnalavamo all'inizio di questa nota. Congegno montato con notevole estro e perizia, il racconto, a vent'anni dalla sua composizione, non ha perduto nulla dell'incanto primitivo.

Due giudizi

« …la forza e insieme la gentilezza di Pratolini scrittore si rivelano in tutti quei momenti in cui il racconto si fa serio: dove tra la bestialità e la malizia affiora un senso di umana pietà per quelle ragazze, per la loro vita faticosa e in fondo ingenua, per lo stesso rubacuori preso in trappola, e l'ironia, la satira, il sarcasmo si velano d'elegia. »

Arnaldo Bocelli

« …*Le ragazze di Sanfrediano*, pur situato com'è ai confini pericolosi del ricamo intellettuale e dell'idillio prezioso, ha una sua grazia. Vedete la precisa eleganza nel taglio dei capitoli, la nitida letteratura che fissa ogni gesto, e il brillante gioco narrativo, che coinvolge quelle figurine, prima disposte l'una accanto all'altra, accarezzate una per una, nella mossa scena comica dell'epilogo, che ha tutto il sapore di una "beffa" da vecchia commedia. »

Pietro Citati

Bibliografia essenziale

Opere

Il tappeto verde, Firenze, Vallecchi, 1941 (poi Editori Riuniti, 1981); *Via de' Magazzini*, ivi, 1942 (ora in *Diario sentimentale*), *Le amiche*, ivi, 1943 (ora in *Diario sentimentale*); *Il Quartiere*, Milano, "Nuova Biblioteca", 1944 (poi Mondadori, 1961); *Cronaca familiare*, Firenze, Vallecchi, 1947 (poi Mondadori, 1960); *Cronache di poveri amanti*, ivi, 1947 (poi Mondadori, 1960); *Mestiere da vagabondo*, Milano, Mondadori, 1947 (ora in *Diario sentimentale*, escluso il primo racconto – mai più ripubblicato –

che dà il titolo al libro); *Un eroe del nostro tempo*, Milano, Bompiani, 1949 (poi Mondadori, 1963); *Le ragazze di Sanfrediano*, Firenze, Vallecchi, 1953 (poi Mondadori, 1961); *Il mio cuore a Ponte Milvio*, Roma, ed. Cultura Sociale, 1954 (ora in *Diario sentimentale*); *Una storia italiana*, I: *Metello*, Firenze, Vallecchi, 1955 (poi Mondadori, 1960); *Diario sentimentale*, ivi, 1956 (poi Mondadori, 1962); *Una storia italiana*, II: *Lo scialo*, Milano, Mondadori, 1960, 2. voll. (nuova ed. profondamente rielaborata: Oscar Mondadori, Milano, 1976); *La costanza della ragione*, ivi, 1963; *Una storia italiana*, III: *Allegoria e Derisione*, ivi, 1966; *La città ha i miei trent'anni* (poesie), Milano, Scheiwiller, 1967; *Calendario del '67* (12 poesie), in « Almanacco dello Specchio » n. 4, Milano, Mondadori, 1975, poi, con altri inediti, Salerno, Il Catalogo, 1978; *Il mannello di Natascia* (poesie e prose), Salerno, Il Catalogo, 1980.

Studi sull'Autore

Esistono sette monografie dedicate a Pratolini: A. Asor Rosa, *V. P.*, Roma, Edizioni Moderne, 1958; F. Longobardi, *V. P.*, Milano, Mursia, 1964 e 1974[3]; F. Rosengarten, *V. P. - Development of a Social Novelist*, Southern Illinois Press, 1965; N. Amendola, *V. P.*, Bari, Resta, 1966; N. Betta, *P.*, Trento, Innocenti, 1972; C. Villa, *Invito alla lettura di P.*, Milano, Mursia, 1974[2]; e F.P. Memmo, *P.*, Firenze, La Nuova Italia, 1977. Lo studio di Asor Rosa, ampio e analitico, giunge fino a *Metello* e rimane l'opera fondamentale sull'Autore. Per una bibliografia più completa rimandiamo a questi studi.

Tra le opere di carattere generale citiamo:
L. Russo, *I narratori*, Milano, Principato, 1950
G. Pullini, *Il romanzo italiano del dopoguerra (1940-1960)*, Padova, Marsilio, 1965
G. Bàrberi Squarotti *La narrativa italiana*, Bologna, Cappelli, 1965
G. Manacorda, *Storia della letteratura italiana contemporanea (1940-196⁵)*, Roma, Editori Riuniti, 1967
Rimandiamo inoltre alle voci dedicate a Pratolini nel *Dizionario universale della letteratura contemporanea*, Milano, Mondadori, 1959-1963, 5 voll., nel *Dizionario enciclopedico della lett. it.*, Bari, Roma, Laterza-Unedi, 1966 e segg., 4 voll.

Altri saggi

A. Seroni, *Ragioni critiche*, Firenze, Vallecchi, 1944
P. Pancrazi, *Scrittori d'oggi*, V, Bari, Laterza, 1950
F. Flora, *Scrittori italiani contemporanei*, Pisa, Nistri Lischi, 1952
F. Fortini, *Dieci inverni*, Milano, Feltrinelli, 1957
C. Muscetta, *Realismo e controrealismo*, Milano, Cino del Duca, 1958
D. Fernandez, *Il romanzo italiano e la crisi della coscienza moderna*, Milano, Lerici, 1960
C. Salinari, *La questione del realismo*, Firenze, Parenti, 1960
W. Mauro, *V. P.*, in Autori Vari, *I contemporanei*, II, Milano, Marzorati, 1963
G. Luti, *Narrativa italiana dell'otto e novecento*, Firenze, Sansoni, 1964; « La Nazione », 4 gennaio 1981
A. Russi, *Gli anni della antialienazione*, Milano, Mursia, 1967
E. Gioanola, *Storia letteraria del Novecento in Italia*, Torino, Sei, 1975
Giovanna Benvenuti Riva, *Letteratura e Resistenza*, Milano, Principato, 1977
R. Luperini, *Il Novecento*, Torino, Loescher, 1981

Dalla bibliografia degli articoli sulle "Ragazze di Sanfrediano"

D. Barbone, in « Il Ponte », Firenze, febbraio 1953
A. Bocelli, in « Il mondo », Roma, 24 gennaio 1953
P. Citati, in « Belfagor », Firenze, 31 marzo 1953
M. De Micheli, in « L'Unità », Milano, 20 febbraio 1953
M. Forti, in « Gazzetta di Parma », 5 marzo 1953
M. Rago, in « Rinascita », Roma, gennaio 1953
A. Seroni, in « L'Unità », Roma, 20 febbraio 1953.

(Apparato critico e bio-bibliografico
a cura di Luciano De Maria)

Le ragazze di Sanfrediano

Il rione dei beceri modello

Il rione di Sanfrediano è "di là d'Arno", è quel grosso mucchio di case tra la riva sinistra del fiume, la Chiesa del Carmine e le pendici di Bellosguardo; dall'alto, simili a contrafforti, lo circondano Palazzo Pitti e i bastioni medicei; l'Arno vi scorre nel suo letto più disteso, vi trova la curva dolce, ampia e meravigliosa che lambisce le Cascine. Quanto v'è di perfetto, in una civiltà diventata essa stessa natura, l'immobilità terribile ed affascinante del sorriso di Dio, avvolge Sanfrediano, e lo esalta. Ma non tutto è oro ciò che riluce. Sanfrediano, per contrasto, è il quartiere più malsano della città; nel cuore delle sue strade, popolate come formicai, si trovano il Deposito Centrale delle Immondizie, il Dormitorio Pubblico, le Caserme. Gran parte dei suoi fondaci ospitano i raccoglitori di stracci, e coloro che cuociono le interiora dei bovini per farne commercio, assieme al brodo che ne ricavano. E che è gustoso, tuttavia, i sanfredianini lo disprezzano ma se ne nutrono, lo acquistano a fiaschi.

Le case sono antiche per le loro pietre, e più per il loro squallore, formano, l'una a ridosso dell'altra, un immenso isolato, qua e là interrotto dall'apertura delle strade, con gli improvvisi, incredibili respiri del lungofiume e delle piazze, vaste ed ariose queste, come campi d'arme, come recessi armoniosamente estesi. Ci pensa l'allegro, rissoso clamore della sua gente, ad animarli: dal rivendugliolo e stracciaiolo, all'operaio delle non lontane officine, all'impiegato d'ordine, all'artigiano marmista, orefice, pellettiere le cui donne hanno anch'esse, nella più parte, un mestiere. Sanfrediano è la piccola repubblica delle lavoranti a domicilio: sono trecciaiole, pantalonaie, stiratrici, impagliatrici che dalla loro fatica, sottratta alle cure della casa, ricavano ciò che esse chiamano il minimo superfluo di cui necessita una famiglia, quasi sempre numerosa, alla quale il lavoro dell'uomo apporta, quando c'è, il solo pane e companatico.

Questa gente di Sanfrediano, che rappresenta la parte più becera e più vivace dei fiorentini, è la sola a conservare autentico lo spirito di un popolo che perfino dalla propria sguaiataggine seppe ricavare della leggiadria; e dal suo ingegno, in verità, una perpetua improntitudine. I sanfredianini sono sentimentali e spietati ad un tempo, la loro idea di giustizia si raffigura nelle spoglie del nemico appese ad un lampione; e la loro immagine del Paradiso, esemplata in un proverbio, è poetica e volgare: un luogo d'utopia ove c'è abbondanza di miglio e penuria di uccelli. Credono in Dio, com'essi dicono, perché credono "negli occhi e nelle mani che ci ha fatto", e logicamente la realtà finisce con l'apparirgli come il migliore dei sogni possibili. La loro speranza è in ciò che giorno per giorno possono conquistare, e che non gli basta. Proprio perché il fondo del loro animo è pavimentato d'incredulità, sono caparbi ed attivi; e la loro partecipazione agli eventi della storia è stata illuminata e costante, a volte addirittura profetica, anche se incomposta. Hanno soltanto rivestito di più moderni ideali i loro miti e bandiere, ma la loro

18

intransigenza, animosità e scanzonatura sono rimaste le stesse. E se tra piazza Signoria e gli avelli di Santa Croce, si aggirano inesauste le ombre dei Grandi ad accendere di sacro fuoco i diacci spiriti della modernità, nei vicoli di Sanftrediano, il popolo che fu contemporaneo di quei Padri, ci si muove in carne ed ossa, vi sta "di uscio e bottega". I pochi dei suoi che si meritano una gloria tutta umile e maligna, continuano ad esistere, Buffalmacco e il Burchiello sono vivi. Quelle stesse donne e fanciulle di cui le novelle e le cronache antiche sono piene: belle, gentili, audaci, sfrontate; e nel volto, nelle parole e nei gesti delle quali la castità medesima acquista il significato di un misterioso e irresistibile adescamento, e la licenziosità il senso tutto esplicito, ignaro e disarmato del candore, qui fate un passo e le incontrate. Tra le ragazze, per gioventù, bellezza e becerismo, un'impagliatrice di sedie è la portabandiera. Fu essa che addipanò e poi sciolse, la matassa che legava Bob e le sue amiche. È un'avventura dei nostri giorni, che merita di essere raccontata.

Tosca Toschina

* hur som helst
i vilket fall som helst—

Ella si chiama Tosca, ha diciotto anni, e tiene in mano le strisce della paglia da quando è nata; ci si baloccava, dentro il canestro che le serviva da culla, deposta com'era sul marciapiede, nelle belle giornate, accanto a sua madre che rivestiva le sedie e si regolava, per nutrirla, con la campana di Cestello, che suona ogni ora come un orologio. Adesso, lei è più svelta della madre, accumula più "pezzi" nel corso della giornata; anche se la madre le sta sempre accanto, i cinquant'anni le pesano sulle braccia, ma più della fatica le pesa il lutto ancora vivo per il figlio morto in Africa, dieci anni or sono. È un dolore di cui Tosca non ha troppo sofferto: era in seconda elementare quando suo fratello partì, e in questi anni le sono accadute tante cose: tutto quanto accade nella adolescenza e al primo scoprirsi ragazza, in Sanfrediano.

Tosca è cresciuta negli anni della guerra, ha visto vincere la fazione che aveva sempre sentito sussurrare che era da augurarsi vincesse, non le sono state imposte rinunzie particolari, comunque non diverse da quelle alle quali si era abituata, suo padre non ha mai smesso di recarsi in officina e sedie da impagliare non ne sono mai mancate. Come il suo corpo si è sviluppato in bellezza e in salute, anche la sua anima non ha subito frat-

23

ture da portarne il segno. E quando i primi colpi l'hanno raggiunta, il suo istinto l'ha saputa difendere. È una creatura che la vita dovrà ingegnarsi per riuscire ad umiliarla, e forse non ci riuscirà. Nessuno ci riuscirà, e Bob che la stava per castigare, si ricorderà a lungo della sua faccina. Non proprio quella di rosa e di latte che gli apparve nell'estate del '44.

Ella aveva sedici anni quando la guerra arrivò in Sanfrediano e le fucilate scoppiarono sotto la sua casa, ci furono i giorni dei bombardamenti e poi gli altri dell'insurrezione. Tosca portava l'acqua ai partigiani, qua e là, per le sue strade che sembravano aver cambiato viso, come la gente: era un ordine che le era stato dato, era un divertimento. Era nuda sotto la camicetta e i partigiani buttavano l'occhio allorché lei si chinava per deporre i recipienti e si portava la mano alla scollatura sempre un secondo dopo.

« Tosca è il tuo vero nome? », le chiedevano.

« Certo, perché? Mi scopri oggi? »

Infatti, erano andati in montagna, i giovani che la avrebbero dovuta scoprire, lei era una bambina, nemmeno un anno prima, e nel frattempo « tu sei esplosa », le dicevano, era diventata « un'altra cosa », una donna, fischiavano per trovarle un aggettivo; e pur nella spregiudicatezza e nella baldanza che gli veniva dalle circostanze, essa in qualche modo li intimidiva. Non riuscivano a dimenticarla quale gli sembrava d'averla lasciata, e i loro complimenti erano infantili come l'immagine che conservavano di lei.

« Ti sei fatta mondiale, » le dicevano.

E la sua risposta, pronta, sempre li sgomentava.

« Come la guerra? »

« Era per attaccare, » le dicevano.

« E io ti stacco, » lei rispondeva. « Dài, rinfrescati la gola. »

Un giorno, il secondo giorno che erano scesi dalle montagne, e Sanfrediano era insorta, ed erano arrivate le avanguardie degli eserciti alleati, i ponti erano saltati, e il di qua d'Arno assediato, coi fascisti che sparavano dai tetti, i partigiani allinearono tre "neri" contro il muro di piazza del Carmine. Tosca era di fronte che guardava, tra la gente addossata alle case, che stava zitta o sfilava per le traverse. Le finestre erano chiuse e un frate andava e veniva dal gruppetto dei giustiziandi a quello dei cadaveri: erano sei, gli ancora vivi e i morti, e il frate li rincuorava e benediceva. V'era un silenzio leggendario, di Cristo che si ferma ed ascolta; le voci, crude, dei comandi suonavano col nitore e con l'eco della fucileria, nello sfacelo della luce, un mezzogiorno d'agosto, che soffocava. Il muro, meraviglioso com'era col verde degli alberi che vi spioveva dall'interno del convento, era una quinta, e il cielo era così azzurro da dargli una prospettiva, da sollevarlo, e da accecare.

Il plotone dei fazzoletti rossi si schierò, fece fuoco, i tre al muro di spalle, gridarono: « viva », e non si seppe viva cosa, non ebbero il tempo di finire.

« Sono cascati come burattini, » disse Tosca.

Una donna, una sposa, accanto a lei si fece il segno della croce; Tosca la guardò, sorrise.

« Forse ho detto male? » le chiese, e si fece anch'essa il segno della croce.

« Era meglio se non lo dicevi, ora che hanno pagato gli ci vogliono delle preghiere. »

« Me ne ricorderò stasera, in questo momento debbo dare da bere agli assetati. Obbedisco ad un comandamento, o mi sbaglio? »

« Non ti sbagli, » le disse un uomo, gli mancava una

gamba, si appoggiava sulla stampella e guardava contro il sole per non vedere gli altri tre "neri" a cui stava per toccare.

Era un uomo anziano, un noleggiatore di barroccini, un amico di suo padre, che l'aveva vista venir su sotto i suoi occhi, come le ricordò:

« Sbagliare non sbagli. Figurati se io gli posso voler bene... Non sarei il Barcucci se non dicessi giù quanti ce n'è, meglio che muoia un innocente, se c'è un innocente in mezzo a loro, piuttosto di correre il rischio di lasciarne vivo uno di quelli che vanno fatti fuori. »

« Be', e allora? » Tosca disse.

« Ma sono io, Toschina, che lo dico, perché ho i capelli bianchi e lo posso dire. »

« O Barcucci, » ella esclamò, « mi sembra che lei vada fuori del seminato. »

E si allontanò, e lo zoppo le gridò dietro:

« Ti stai facendo grande tutta insieme... Questo ti volevo dire. »

« Mi metterò i pesi sulla testa, » ella gli rispose, e girò rasente la piazza, coi recipienti d'acqua uno per mano.

D'un tratto, un partigiano sbucò dalla soglia di un portone e la tirò dentro; le fece rovesciare metà delle brocche.

« Stupida, non lo vedi sei sotto il tiro. »

« Sparano a quelli, mica a me. »

« Credi che le pallottole siano saltaleoni? »

« Ma se siamo distanti metà piazza, » ella disse.

Era un giovane bruno, dai grandi occhi incredibilmente verdi, i baffetti curati e la carnagione bianca, bianca tanto che in montagna di certo non c'era stato, era un partigiano di città, e così pallido forse perché appena uscito di prigione.

« Volevo bere, ecco, » le disse.

Tosca lo guardava bere, si accorse che bevendo la brocca gli tremava tra le mani, e l'acqua colava a bagnargli il fazzoletto rosso e la casacca.

« Ti conosco? » gli chiese.

« Certo che mi conosci. Tu sei la Toschina, con tuo fratello siamo stati amici, lui era un po' più grande di me. »

« E tu sei di via del Campuccio, ma sei Bob! Che stupida! E chi è che non ti conosce, rubacuori! Sei il damo della Leda. »

« Ero, » disse lui. « Cose di mill'anni fa. »

Spararono, e Bob chiuse gli occhi, alzò gli omeri come per ripararsi, fu una mossa istintiva, di un attimo. Questa volta i tre che caddero non dissero viva nulla, soltanto uno dei tre gridò "*alalà*", poi si udì una voce nel gruppo dei partigiani, al centro della piazza, che cominciò una canzone, e si levò il coro.

Scarpe rotte,
eppur bisogna andar
A conquistare
la rossa primavera,
dove splende il sol dell'avvenir...

« Ti debbo lasciare, bella, » disse Bob. « Dammi un altro sorso. »

« Cosa ci facevi dietro la porta? » ella chiese, insospettita.

Egli posò la brocca per terra. « Stavo di sentinella, » disse.

« A chi, a cosa? Ai muri? »

Ora Bob non era più sconvolto, strizzò l'occhio, ma il sinistro solamente, e rise, e aveva i denti bianchi e il sorriso che strappava i cuori alle ragazze di Sanfrediano.

« Tienimi a mente, » le disse. « Finita la festa ti verrò a trovare. »

E si allontanò ridendo verso i suoi compagni, alzando il mitra bilanciato col calcio sulla mano; ed ella rimase nel dubbio che l'arsione ch'egli aveva provato non la dovesse al caldo, ma alla paura, e questa impressione invece di indurla a detestarlo, le suggeriva uno strano senso di tenerezza, di fiducia.

« Vieni vieni, » gli rispose. « Ho del rosolio fatto con l'arsenico, da poterti offrire. »

Poi il resto della città fu liberato, e presto tutto diventò un ricordo; suo padre era di nuovo in officina, qualcuno aveva ripreso il commercio delle sedie, e nella sua vita di ragazza, trascorsa la guerra, venne ad abitarvi l'amore.

Non ancora l'*amore*, ma l'attesa di esso, il suo ascolto in ogni sentimento e pensiero della giornata, e nella cura della propria persona, nell'acconciatura dei capelli, nella scelta del rossetto e dei "modelli" da parlarne e discuterne e contrastarsi con le amiche; e poi il turbamento, la perplessità, l'indifferenza, sempre mascherati da una disinvolta alterigia, con cui accoglieva uno sguardo, i complimenti casuali della strada, la familiarità dei giovanotti che l'avevano conosciuta bambina, che erano stati mocciosi assieme a lei, e adesso la invitavano a ballare, le offrivano una consumazione, una sigaretta; e nel ballo, gli sconosciuti, anche degli altri quartieri, il contatto dei loro corpi, l'insensibilità o l'attrazione che ne riceveva. La rivelazione, in tutto ciò, della sua femminilità, che diventava coscienza di essere bella, e capace di amare, e il fondo suo proprio, rissoso, esclusivo, con il quale si disponeva a questo sentimento, la devozione e l'animosità con cui attendeva di riconoscerlo, l'amore. Che era già Bob, del resto, e che fu subito Bob, appena Bob mantenne la promessa e ruppe il suo fidanzamento con Silvana.

Dunque, Leda si sperdeva nella notte dei tempi, ed anche Silvana non contava più nulla per Bob; né Leda né Silvana né le altre avevano mai significato nulla, erano stati "episodi così", ragazzate.

« Le altre, ma chi, le altre? Di Silvana lo so, me lo diceva lei, eravamo amiche, se non sapessi di amarti come ti amo, è la prima volta che mi succede, non le avrei fatto questo torto per tutto l'oro del mondo. Chi sono state, le altre, quante sono state? »

« Zero, » lui rispondeva, « zero tutte, anch'io come te provo la stessa cosa, tu sei la prima. »

« Bada, Bob, » ella gli disse « tu hai sette anni più di me, ne hai venticinque ed io diciotto, sei un uomo ed io sono una donna, ma se mi pianti come hai piantato le altre, chi e quante sono non lo voglio più nemmeno sapere, io di cotesti tuoi due occhi me ne faccio due bottoni. E i baffini, te li fo mangiare. »

« Brava siciliana, » lui disse. « Ci vogliamo provare? »

« Ricordati, » Tosca gli ripeté, « io con te mi ci metto sul serio. »

La sua voce era trepida, corrucciata quasi, amorosa.

« Sono una ragazza di Sanfrediano, non te ne scordare. »

I ferri del mestiere

Le ragazze di Sanfrediano, belle o brutte che siano, coi porri in viso o gli occhi di madonna, le riconoscete dalle mani. Sono il loro mistero, il loro orgoglio più segreto e la loro dote; e sono bianche, di latte, con le dita lunghe, affusolate. Quelle mani escono miracolosamente pure dalle insidie dei cento mestieri a cui si applicano. Con esse, le ragazze di Sanfrediano rivestono le sedie; è un gioco di prestigio stirare le liste di paglia colorata sul traliccio: così, le ragazze manovrano lo scheletro della sedia come un attrezzo, lo roteano prima di vibrare il colpo di forbici che pareggia la paglia al punto di sutura. L'armonia è nei loro gesti, cantano e parlano dei loro amori, una accanto all'altra, in fila, sui marciapiedi, nella buona stagione. Ed è un esercizio di pazienza, il lavoro delle cucitrici di bianco: ciò che esse orlano e ricamano si anima sotto le loro dita, diventa "carne e fiore", è questo che dicono.

« La seta come il cambrì, tutto, va trattato da cosa viva. »

« È come disegnare a puntini, con le gugliate, sui petali di una rosa. »

« Basta farci la mano, poi l'ago lavora da sé. »

« Non ci vuol nulla, soltanto gli occhi buoni. »

Silvana, che adesso Tosca ha messo nel mazzo delle

sue nemiche, e la considera, a buon motivo, la capofila, è una ricamatrice le cui dita valgono oro, ed è, in un laboratorio dei lungarni, una delle lavoranti più apprezzate. La Contessina Ginori, sapendo di doverle lo splendore della sua parure di nozze, le ha inviato fino a casa la bomboniera dei confetti, e siccome Silvana, nel leggere "oggi sposi", ha sentito la propria piaga ancora aperta, il dono gentile è volato dalla finestra, giusto nel momento in cui passava, bello, scoperto, con la sua aureola di mosche, un camion dell'immondizia, la bomboniera vi ci s'è adagiata.

« Bob ti sta ancora in gola, vero Silvana? » le ha detto sua sorella, che porta i calzini corti e fa la scatolaia.

« A me, figurati! È lui che mi gira ancora attorno e non si sa decidere tra me e non so chi... »

Ed è scoppiata in pianto, sulla spalla della sorellina.

« Te ne accorgerai anche tu, tra qualche anno, cosa significa vedersi piantare, e ricevere le *pere* in questo modo. »

E la bambina, amareggiata per i confetti ormai perduti.

« Ma Silvana, mi vergogno tu sia la mia sorella... Dico, Gesù le mani, che te l'ha date a fare? Perché non gli cambi i connotati, al signorino? »

Stanno ai banchi degli empori e delle pasticcerie, con quelle mani e dita fresche, di zucchero, odorose; entrano nelle fabbriche, nei lavatoi, negli stabilimenti di cartonaggi e di tintoria, e negli altri, sporchi d'inchiostro, delle tipografie; fanno la cernita degli stracci e dei cascami, e con la munizione e i raschini sciacquano le bottiglie incettate dai robivecchi cariche di lerciume – e le loro mani ne escono nette, limpide, come gli occhi che si sollevano dal tombolo, dopo nove ore di applicazione, bianche, di cristallo, con le unghie su cui lo smalto è un sangue che chiede di essere succhiato. Sono i loro spiriti, le mani, che esse mettono allo scoperto, per dimostrare, inconsapevolmente certo, che le loro anime sono leali, industriose, amabili, appassionate, e adunche all'occorrenza, sbranatrici, esplosive.

E dopo le mani, l'altro specchio, gli occhi, questi lumi spalancati sul cuore che gli appartiene. Anche là dove i tratti del volto sono grossolani, e le membra un po' sgraziate, sempre lo sguardo riuscirà ad illeggiadrirle, a persuadere dell'assolutezza dei loro sentimenti. Sul loro viso, la stessa ipocrisia, e ve n'è, e Gina ne è piena, suo malgrado, fino all'attaccatura dei capelli, dichiarandosi si fa virtù.

Gina incontrò Silvana, e le disse: « Sei sciupatina, come mai? ».

« Ho il cimurro, ti garba? »

« Chissà chi te l'ha attaccato. »

« Oh, non certo tu, sarei sempre capace di farti il *panierino*. Ti saluto. »

« Ciao, manidifata. E se stasera vedi Bob, riveriscilo da parte mia. »

Andò a trovare Tosca, e le sedette accanto, su un panchetto, tra i fasci di paglia colorata.

« Siamo sempre state amiche, ed ho qualche anno più di te, » le disse.

« Senti un po', Gina. Sono giorni e giorni che vieni a farmi la paternale, da quando ti ho confidato con chi mi sono fidanzata, e che devo stare attenta, ·he è un gran donnaiolo, che qui, che là, fosse caro anche a te, Bob, per caso? »

« Con me Bob non ci si è mai provato, » disse Gina, in fretta, mangiandosi le parole, « sa di che panni mi vesto... E poi, tra un mese io mi sposo. Non è a me, dunque, ma a qualcun altro che bruciano le mani. »

« Gli posso regalare una stanga di ghiaccio, a cotesto qualcuno, ti senti di fargliela recapitare? »

« Non c'è che dire, siete proprio nate in Sanfrediano, tu, Silvana, tutte quante siete. »

« E tu, dentro il Palazzo della Signoria, se ricordo bene. »

Sono sempre in amore, le ragazze di Sanfrediano. Hanno le unghie fatte per graffiare, spogliate nude la verecondia le inghirlanda. Si prendono dieci fidanzati, ma è sempre il primo che tornano a sposare; e costui, la sua, la troverà vergine di sicuro, ed esperta nel baciare. Ma se lui ritarda a voler far la pace, se nel frattempo non è abbastanza geloso, oppure dà a divedere di esserlo, e non amoreggia con delle *cimbardose* di un diverso rione, se si mette con un'altra ragazza di Sanfrediano, e ci si lega, lei, "per fargli dispetto", si darà a chi le capita, al più antipatico, possibilmente, tra coloro che la corteggiano. E glielo farà sapere. Allora lui l'aspetta dove lei lavora, o sulla porta di casa, la prende a schiaffi e poi le ordina di affrettarsi col corredo, tra pochi mesi si debbono sposare, non era questo l'accordo, a primavera? Naturalmente, gli schiaffi, ma a pugni chiusi, prima che a lei li avrà dati a colui che se l'era goduta, il quale si difenderà più che passare all'offensiva. Questo, s'intende, in generale, che capita quando capita, ma capita più volte, tra la morte dell'uno e l'altro Papa. Di solito, le ragazze fanno abbastanza per lasciar capire qual è il momento in cui lui deve tornare, e lui, se è proprio *lui*, il primo, non aspetterà che scatti la lancetta dell'orologio.

Bob no. È amico di tutti, e come tutti sanfredianino, nondimeno rientra in una categoria sua particolare. Egli è sempre stato il primo per ciascuna delle sue ragazze, e ogni volta ha lasciato che la sfera seguitasse a cammi nare, quel genere di schiaffi Bob non li sa tirare. È un elegante e bel figliolo, ed afferma che la vita bisogna saperse.a giostrare, e che le ragazze sono arance da succhiare. « Ci si fa un buchino in cima, come alle uova, e poi si aspira, dopo c'è sempre qualcuno che scambia il guscio per un uovo sano. » Bob è luminoso e volgare come la ia brillantina, e molto probabilmente, nei resoconti ch'egli dà delle sue gesta, la verità è soverchiata dalla diffamazione. Tuttavia crediamo abbia già incontrato chi gli saprà disfare la scriminatura; intanto, Tosca ha cominciato a chiamarlo col suo vero nome.

« Che Bob e Bob. Aldo è un bel nome. E poi, bello o no, è il tuo. E a me, piace. »

Il giovanotto dalle belle ciglia

Ormai, e da tempo, lo chiamavano Aldo soltanto in casa, i suoi genitori e i suoi fratelli, che sono due, ma diversi da lui, egli "dirazza", ci tiene a ricordarglielo, anche a Rolando che gli è maggiore. Entrambi hanno la passione della caccia, gliel'ha istigata il padre, non sanno parlare d'altro e di meglio, fucili, panie, selvaggina, e del loro mestiere di imbianchini. Non fumano se occorre, e occorre spesso ora che c'è poco lavoro, per dare al cane un pastone come si deve; passano le serate a preparare le cartucce e lucidare le canne e gli otturatori, e la domenica, quando la caccia è aperta, escono che è ancora la notte del sabato, lui li incontra rincasando, bardati e con gli stivaloni. Che importa a loro di avere gli abiti civili sempre da rammendare, sanno che quando le loro giacche e i fondi dei calzoni diventano ragnatele, prima o poi c'è un vestito smesso di Aldo, indossando il quale gli sembra di inaugurare l'abito delle feste. Non che Aldo glieli regali, quei vestiti, glieli rivende a prezzi d'affezione, e sono sempre come nuovi del resto: su di lui, malgrado l'usura al tavolo dell'ufficio, gli abiti si conservano come su un manichino.

Egli ha un rispetto istintivo della propria persona, e i suoi gesti sono naturalmente controllati; perfino dalle baruffe, se gli capita di trovarcisi in mezzo, ne esce senza una sgualcitura. E tutto ciò, sempre restando un giovanotto pieno di vita, che non si risparmia nel corso della giornata, che in palestra fa il cristo su gli anelli e che prima di andare soldato e rinunciare al sogno d'incontrarsi con Owens alle Olimpiadi, segnò undici e uno sui cento metri.

Dirazza, ma è attaccato alla sua razza, e non gli sembrerebbe di voler bene ai suoi se non trovasse da criticarli e sentirsi indignato di ciascuna delle loro azioni, le più puerili. Sono gente disordinata, proprio quel tipo di persone che lui non può soffrire, il suo contrario, e quando un giorno, per una malattia della madre, occorrevano dei soldi, nessuno di loro pensò ai fucili, lui prese i tre abiti che aveva nell'armadio, i suoi due paia di scarpe, quelle da ballo e i mocassini, e li andò ad impegnare. E siccome la cifra non era sufficiente, si tolse dal dito l'anello col cammeo e lo spinse verso l'impiegato. Tornò a casa e disse:

« Siamo nati con la camicia. Ho trovato la penicillina a borsa nera per poche lire, speriamo non si tratti di polvere di micio. »

Ora, in un anno, destinandovi un tanto al mese, è rientrato in possesso di tutta la sua roba. Non è avaro, si sa amministrare, e il suo stipendio gli basta. E in questo periodo di crisi, né suo padre né i suoi fratelli guadagnano più di lui. Ecco dunque che il "riscaldasedie", l'impiegato, può guardare senza ombra di umiliazione le loro facce e le loro mani ove il sudore s'incrosta con gli schizzi di calcina e di vernice. La passione della caccia finisce col consumargli gli orli della camicia. Lui, delle diciottomila lire che riceve nella busta, ne versa metà alla madre e il resto lo riserva alla sua eleganza. È un parco fumatore e i fatti del giorno li apprende dalla radio e dai sommari dei giornali appesi alle edicole: per estinguere la sua sete di cultura, un ebdomadario gli è più che sufficiente; a volte, siccome non è un fascista, e ne ha dato le prove, e si ricorda di abitare in Sanfrediano, acquista il quotidiano comunista e appena di là d'Arno lo spiega sul rovescio della testata. Il cinema, la danza, di cui è un appassionato, e gli altri minuti piaceri se li conquista col biliardo; potrebbe viverci, sul biliardo, tanto è bravo giocatore, ma la professione non lo tenta. C'è un fondo moralistico in questo distruttore di cuori, anche nelle case di tolleranza non mette piede, abbandona una compagnia d'amici che vi si dirige, e il suo atteggiamento viene diversamente interpretato. Egli afferma che si sentirebbe comunque sporco dopo esserci stato, che il bordello è una piaga sociale e una vergogna, e soprattutto, per quel che lo riguarda, un principio d'igiene da rispettare. Così il calcio e lo sport in generale, lo attraggono sempre meno: la domenica pomeriggio preferisce anticipare il proprio ingresso in una sala da ballo del rione, ove le ragazze se lo mangiano con gli occhi, e si mettono in fila per essere invitate da Bob al boogie-woogie.

Ma se in Sanfrediano egli è Bob, appena passato il Ponte alla Carraia e imboccato via della Vigna che conduce al centro della città, egli si vede improvvisamente ridotto nella sua statura, l'anonimo lo avvolge, diventa un qualunque altro bel ragazzo, Bob tra i Bob, e nemmeno dei più appariscenti, così come dietro il suo finestrino d'impiegato, la suggestione che incute è di tutt'altra specie, e il rispetto del pubblico è pari all'impazienza e al turpiloquio che l'accompagna. Egli è avventizio comunale, distaccato all'Ufficio delle Carte Annonarie, ed è un impiegato che per la sua disinvoltura e oculatezza ha saputo conquistarsi lo "sportello reclami". I colleghi lo stimano siccome lo trovano brillante, alla mano, e solidale nelle circostanze che lo richiedono; idem le colleghe, alle quali egli fa una corte alta e velata che non si azzarda mai oltre il limite della cortesia e della adulazione dovute al loro sesso. Egli non dà né toglie, restituisce ciò che riceve, è un impiegato che non farà mai carriera, ma che nemmeno perderà mai l'impiego. Varcato il portone d'ufficio, quel mondo non gli appartiene più, egli sa bene che il suo regno è Sanfrediano, la sua forza consiste nel saper resistere alla tentazione di sconfinare. Del resto, egli non ha di questi desideri, Sanfrediano è tutta la sua vita, una riserva di caccia tutta sua particolare. È un cacciatore diverso dai suoi parenti, egli colloca altrove i suoi capanni, e con la stecca o le boccette nella mano, ha un punto di palla, un occhio che suo padre e i suoi fratelli, se lo sognano di ritrovarsi sul mirino. Le ragazze, poi, le impallina con un sorriso. E se il biliardo gli procura l'ammirazione degli amici, e gli arrotonda le entrate, le ragazze rappresentano il suo vero sport, la sua arte, e la sua religione.

Egli era ancora un giovanetto ed ebbe una fidanzata, poi una seconda, una terza, e da ciascuna, col tempo, era ormai sui vent'anni, si staccò naturalmente, siccome l'altra l'attraeva. « Mi sono sbagliato, non mi piaci, amo lei, salute e grazie. » Questo era stato il suo modo di congedarsi, singolare perché inspiegabile, e reciso, all'indomani dei più teneri colloqui. Egli aveva voluto essere leale e la sua sincerità venne fraintesa, lo si dipinse brutale, languido, sensitivo, *straordinario*, quando ancora era forse e soltanto un ragazzo che ascoltava il proprio istinto e si riprometteva di incontrare la sua sposa. Senonché, la pena mal dissimulata, le confidenze e le lacrime delle abbandonate, si depositavano come miele nell'animo delle ragazze di Sanfrediano che presero a spiare il suo passaggio, ed a considerarlo secondo gli suggeriva il loro cuore giovane e la loro fantasia accesa. Così nasce la leggenda di un rubacuori di quartiere. E la sua prestanza di atleta, la supremazia anche manesca, di cui godeva tra i coetanei, la sua eleganza e spontaneità in uno con lo splendore dei suoi occhi, tutti natura anche essi, poiché il lume dell'intelligenza contribuiva raramente ad accenderli, fecero il resto. Sanfrediano gli diventò un albero fiorito, egli non aveva che da porre lo sguardo ed allungare la mano, i ricci apparentemente più serrati si dischiudevano nel mallo al suo contatto. E il ruolo gli garbò, e la pratica del gioco pure, fu una commedia recitando la quale egli finì per assimilare e far propri i sentimenti del suo personaggio.

Ora, alle sue spalle, mentre egli camminava ardito e fiero per le strade del rione, con l'abito inappuntabile, i capelli e le scarpe un solo scintillio, già cominciavano a elevarsi le ironie. Era la mormorazione che consolida il dittatore, mentre intraprende a rodergli lo scranno.

« Il giovanotto dalle belle ciglia. »

« Il gallo della Checca. »

« Passa il Granduca, figliole, attente alle forcine. »

E quindi il nome, ch'egli divenne orgoglioso di meritarsi, dell'uomo che aveva acceso di passione, sullo schermo, e ridotta in consunzione, la più bella, e più brava e popolare delle attrici. Quel film, le ragazze, non si stancarono di tornare a vederlo, nel cinema "Orfeo" di Piazza de' Nerli tenne il cartellone per nove settimane, e ci andarono i padri e le nonne a cui ricordava la *Traviata*, si mosse l'intero Sanfrediano, per il quale la prostituta redenta dall'amore resta l'esempio più alto di umanità e di poesia e di edificazione. E come le nonne avevano sospirato per Armando Duval in persona, e diventato mito, le madri lo avevano successivamente identificato in Rodolfo Valentino chiamando Valentino i loro belli, così le giovani di Sanfrediano – ogni generazione ha il suo mito, sempre più inerte e statua come la decadenza impone – scoprirono in Robert Taylor il loro ideale della maschilità. E Aldo Sernesi gli sembrò Bob. Fu Bob.

« È Bob, » una disse.

« Sono gemelli. »

« Hanno succhiato lo stesso latte. »

« Forza Bob, » esclamò uno sguaiato. « Ridi, facci vedere i dentini. »

Era una rasoiata in viso, vibrata con la mordacia propria dei sanfredianini, e nella sala del cinema "Orfeo" sollevò un clamore di applausi e di contrasti.

Tuttavia, da allora, egli sorrise più spesso, e quando l'attore, nel film successivo, comparve coi baffetti, anche Bob di Sanfrediano si lasciò crescere gli esili spazzolini sulle labbra.

« Io voglio bene a te, non a lui, » continuò Tosca, la prima sera che passeggiavano da fidanzati sui lungarni. « Del resto, anche Bob è fuori moda, ti dovresti semmai chiamar Tirone. Ma tu sei Aldo e basta, e d'ora in avanti chi ti chiama Bob, lo graffio. E tu, Aldo, se davvero mi ami, cotesti filetti d'acciuga, te li devi tagliare. »

Buon lavoro, Bob

Ella si appoggiava contro l'inferriata che protegge l'abside di Cestello, nell'angolo, lontano dal lampione, e di fronte a loro, sotto la spalletta, l'Arno era in piena e la pescaia riempiva l'aria del suo fragore. Egli le passò un braccio attorno alle reni, e Tosca gli si affidò, era una cosa che si piegava, dolce, e le sue labbra avevano il sapore e il profumo di una ragazza vergine e in fiore. Quindi ella gli sgusciò dalla stretta, sollevò la testa e si tenne con le mani indietro alla cancellata, due passi distante. Egli la raggiunse, e sentì che ella ansimava, teneramente eccitata. Egli sorrise, padrone di sé, Bob, i cui baci potevano sconvolgere una ragazza.

Questa ragazza, che era sbocciata con la guerra e che non c'era giovanotto di Sanfrediano che non l'avesse inutilmente avvicinata. Egli l'aveva guardata in viso un attimo, nei giorni della liberazione, e le aveva detto: « Aspettami ». L'aveva poi lasciata "cuocere", come diceva, passandole davanti mentre lei stava con le trecce di paglia tra le mani e arrossiva di trovarsi così bassa, seduta e in disordine; l'aveva evitata apposta nelle sale da ballo, "per farla storiare", e vederla che gli rispondeva dandosi tutta una vampa al suo ballerino: « Ciao, bellone », ch'era la sua difesa, scoperta, infantile; e poi si era deciso, era venuto il momento, siccome Tosca non nngeva più di essere sguaiata, lo guardava ormai con gli occhi di una bambina in castigo, e con un fuoco dentro quegli occhi che Bob sapeva di essere stato lui ad appiccarlo.

Egli le andò vicino, la carezzava, le disse:

« Lo so, ti senti tutta un fremito. È l'amore. »

Ella scrollò la testa, come per scacciare un cattivo pensiero o un'emozione.

« Non è per questo, » rispose. « Così stretta come mi tenevi, mi chiudevi la bocca e il naso, e mi toglievi il respiro. »

« Sei ancora una mocciosa, » egli disse.

La sua voce era calda, tenera, suadente, di uomo e di dominatore.

« Sei come il boccino, è bastato un colpo per farti cadere dentro la bilia... Vedi, senza il mio amore, bella come sei saresti diventata lo stesso una ciana, una sanfredianina uguale alle altre... Non ti sentivi una regina mentre ti baciavo? »

Ella sollevò la testa e gli cercò le mani, gliele stringeva, e la sua voce, al contrario, tradì il turbamento ch'ella cercava di dissimulare, e il concetto da esprimere, così chiaro dentro di lei, riuscì sempre più sconclusionato, via via ch'essa parlava.

« Forse, ma ora capisco, come al biliardo, coi boccini, così giocavi, ora la bilia è piena, ma io no, io ho visto giocare, mi ci portava mio fratello, spesso, io faccio rinterzo e partitone, io mica rimpallo, con me non lo devi fare, Aldo, non mi piace, mi fa piangere, non è questa la strada... »

E d'un tratto, come se la sua natura si fosse ribellata alla finzione di cui ella la circuiva, le parole ch'essa voleva mascherare in un'immagine amorosa, le uscirono plebee ed esplicite dalle labbra, e la sua voce medesima recuperò il tono baldanzoso che le era solito.

« Eppoi, che boccino e boccino. Con me non devi fare il *memme* come con le altre. Non voglio *piaccichicci*, io. Con me devi essere sincero. Impaglio le sedie, non sono una regina. Al massimo posso sentirmi la Stakanova delle impagliatrici. Non è con questi discorsi che puoi finire d'incantarmi. »

Egli non rimase sorpreso del suo scatto, ma soltanto irritato, le lasciò le mani con un gesto deciso e l'agguantò alle braccia.

« Intendiamoci bene, cosina, » le disse. « Vedi che avevo ragione a darti della mocciosa. Sei quella che sembri, e per prima cosa, invece dei baci, ti dovrò insegnare l'educazione. »

Ella gli si rovesciò sul petto, non più per vezzo adesso, bensì umiliata qual era, scoppiò in pianto.

« Su, » egli disse. « Mi sporchi il vestito. » Le asciugò le lacrime col fazzoletto del taschino, e di nuovo la baciò e le disse:

« Non ti vergogni? Ti comporti come una bambina dell'asilo. »

E ancora come una bambina che esce dall'asilo tenuta per mano, costeggiando l'Arno e le Mura di S. Rosa, tutte in ombra, alte ed immense come bastioni antichi, ella tirando su col naso, guardando per terra e contenta della mano di lui che stringeva la sua, insisté, ma era un modo di arrendersi e di scherzare, un'amorosa impertinenza:

« Però, dimmi la verità, anche a Silvana e a tutte le altre, gli hai detto che erano il tuo boccino? »

« No, » egli disse, e sorrise compiaciuto di sé, della sua trovata e del gioco di parole. « Gli dicevo che erano dei boccioli, ed avevo ragione. Il boccino sei tu, dura a quel modo. »

« Dunque, stai attento... Se ti dò in testa, te la potrei spaccare. »

Poi gli disse: « Già lo sa tutto Sanfrediano che siamo fidanzati, che le dico a mia madre se me lo domanda? »

« Tu neghi. »

« E se è il babbo a chiedermelo? »

« A maggior ragione... E del resto, non è vero. Nessuno, al caffè o al circolo, mi ha lasciato capire che lo sapeva... Ora come ora, abbiamo bisogno di piena libertà, per conoscerci meglio... Anzi, stasera era la nostra prima sera, ma domani c'incontreremo fuori Porta, andremo a passeggiare alle Cascine. »

« Ma a Silvana cosa hai detto? Siamo amiche, bisogna vada a trovarla, e le spieghi... »

Egli si fermò, le sollevò la faccia mettendole una mano sotto il mento; c'era la luna, a perpendicolo sulle mura, e li illuminava, c'erano i gatti che miagolavano, anche loro in amore, e dall'Arno veniva una stornellata accompagnata sulla chitarra; e v'era appunto per questo, maggior silenzio attorno a loro, un grande deserto, animato di mura, di luna, di ombra e di stornelli.

« Non voglio... A Silvana ho parlato io, e lei s'è persuasa... Soltanto di me e di te ci dobbiamo preoccupare, pensare soltanto a noi e a quanto ci vogliamo bene. »

La carezzava, ed ella disse, a testa bassa, tormentando un bottone della sua giacca:

« Senti... io dico, dico, ma è per darmi un contegno, non ti accorgi? È perché sono cotta come un *pettorale*, ed ho paura che tu mi possa digerire in un boccone. »

Allora egli scoppiò in una risata, e Tosca non si offese, rise assieme a lui della propria espressione, e più le sembrava sciocca, più la sentiva vera, e ne era felice.

Un'auto voltava dal lungarno, prese la curva al largo, sterzando d'improvviso, come se chi la guidava si fosse accorto all'ultimo momento che il lungarno finiva e v'era il muraglione, i fari scopersero i due innamorati che si baciavano, c'erano più persone a bordo, gli lanciarono delle grida, festose, ironiche, di saluto. « Buon lavoro, Bob », gridò più alta e volgare, la voce di una ragazza, quindi l'auto infilò la Porta su via Pisana, e scomparve.

« Era Mafalda, » disse Tosca. « Ha perso ogni ritegno, ora si fa vedere in macchina anche per Sanfrediano. »

« Già, » egli commentò. « S'è data alla bella vita da quando l'ho piantata. »

Tosca rimase interdetta, senza la forza di reagire, le sue parole l'avevano ferita, e più che per la rivelazione ch'esse contenevano (che anche Mafalda era stata una delle "altre") per l'indifferenza con cui Bob le aveva pronunciate, e il modo con il quale le si era rivolto, come se lei, Tosca, fosse un suo compagno e condividesse le sue gesta e le sue spacconate. E si ricordò di quando, appena mezz'ora fa, prima ancora di fermarsi alla cancellata di Cestello, egli le aveva detto: « Io ti amo, sono sincero, il passato è passato, non ho nulla da nasconderti, gioco a carte scoperte ». "Davvero", ella pensò, "giochi a carte scoperte", ma non lo disse. Le doleva il cuore; rifletté, mentre lui tornava a baciarla, che il cuore duole veramente, non per modo di dire, quando si prova un dolore; e che certe parole, davvero, colpiscono come un pugno dato sopra il cuore.

C'è sempre un gobbo in Sanfrediano

Il cuore di Tosca, duole, quindi è facile a capire. Quello di Bob, invece – ma lui, ne ha uno?

Egli giocava con le carte segnate, piuttosto che scoperte, ma non barava, conosceva le carte, ecco tutto, aveva imparato a memoria la serie delle combinazioni. La sua giornata roteava attorno al simbolo antico e inesauribile della sottana, quando essa diventa religione ed edonismo, e non v'è, nell'uomo che la vezzeggia, nemmeno vera e propria lussuria, ma soprattutto amore del gesto e dell'intenzione che lo determina. Era un cavalier servente di periferia, che soffocava con la sua bellezza e improntitudine, il ridicolo del suo ruolo destando invidie, passioni, amarezze. Ogni altra emulazione, o letizia, o guadagno che la vita gli potesse offrire, egli ormai li subordinava a questa sua missione di cui si sentiva investito ed in cui si riconosceva, vi spendeva per intero le sue facoltà ed energie. Così, ciascuna altra azione che egli compiva, al di fuori della sua cerchia amorosa, egli la compiva, ne fosse o no consapevole, appunto per guadagnarsi una storia che lo meritasse. Era stato atleta, e poi ginnasta, e s'era fatto all'ultimo momento partigiano, per questo, tanto alloro sulla sua fronte di bel ragazzo. La sua fantasia, come il suo ingegno, era limitata, non gli permetteva né di approfondire il gioco né di variarlo, le sue emozioni gli bastavano quelle che erano, tutte esterne, di vanità e di sufficienza; e la sua coscienza restava immobile framezzo alla intrigata animazione delle sue avventure, per cui ogni volta, egli poteva sentirsi padrone di sé, naturale e sincero. Lo era adesso con Tosca, come lo era stato con le altre ragazze, questi sudditi ch'egli teneva di volta in volta vicino a sé e distanti, soggetti della sua bellezza e del suo ardimento. Poiché anche se Tosca per adesso lo ignora, Bob non abbandona più recisamente le sue ragazze; egli s'incontra ancora, più o meno frequentemente, con ciascuna di esse, e tutte gli restano vincolate, gli sono fedeli o infedeli a seconda egli lo consenta; ma nessuna, né Silvana, né quelle tra le ultime che la precedettero, e nemmeno Mafalda, in apparenza incamminata su una strada ben diversa, nessuna ha rinunziato ad essere la donna ch'egli finirà con lo sposare: la ragazza, cioè, che riuscirà a mettere il sale sulla coda di questo pavone sanfredianino.

La verità è che Bob, persuaso egli per primo del suo potere di seduzione, si era fatto longanime e comprensivo, si lasciava amare. Non lui, ma le ragazze gli facevano la corte, e lo adescavano. Egli si concedeva, di volta in volta, secondo l'intensità del richiamo e la costanza di colei che lo circuiva. Attenuatosi col tempo l'interesse o perché un richiamo più forte lo sollecitava, egli non poteva sottrarsi brutalmente alla vecchia relazione, a meno di non vibrare a quel cuore un colpo pressoché mortale. Questo egli pensava, e si rendeva conto di essere unico, *straordinario*, e insostituibile, e di non avere il diritto di negare di tanto in tanto la consolazione di una carezza, la goccia che sarebbe servita ad alimentare una giovinezza altrimenti perduta. Egli si distaccava, ora, a poco a poco, con dolcezza e con affettuoso cinismo; e del resto, la sua particolare natura esigeva ch'egli mantenesse sempre "quattro o cinque ragazze tra le mani". Ed era segretissimo, cospirativo e prudente nel corso delle sue avventure; soltanto dopo che il distacco era divenuto totale, egli cominciava a parlare della bella abbandonata al caffè, al circolo, dove gli capitava, ma sempre con astuzia e circospezione, servendosi di allusioni, aneddoti, doppisensi, sovente volgari, e comunque spietati, attraverso i quali coloro che lo ascoltavano potevano identificare facilmente la sventurata; ed in modo che egli, "da uomo d'onore", fosse poi sempre in grado di smentire, specie davanti ai maschi interessati, parenti o nuovi fidanzati, l'avvenuto riconoscimento e la diffamazione che ne derivava. Così la sua fama continuava a librarsi alta e ineguagliabile nel cielo di Sanfrediano; e che poi, nessuna ragazza avesse mai tentato, come suggeriva a Silvana la sua sorellina, di "cambiargli i connotati", ciò prova, se non altro, del buon ricordo, della riconoscenza o della nostalgia che Bob sapeva lasciare nel cuore delle sue vittime.

V'era un sottofondo di pavidità, in tutto questo, indubbiamente, ipocrisia, e il timore di affrontare le situazioni alla radice, ma v'era anche, si è detto, un'autentica partecipazione da parte sua. Egli amava sempre la donna a cui stava vicino, e solo lei nel momento in cui la carezzava, ma la sua giornata era costellata di questi istanti esclusivi, e via via diversi, poiché Bob, ormai, si riteneva dotato di un'immensa riserva di affetto che una sola donna sarebbe stata incapace di accentrare ed esaurire.

Questa catena di relazioni, coi suoi intrighi, le menzogne, l'espansività che gli richiedeva, e la popolosa presenza delle ragazze, sulle quali egli poteva esercitare il proprio fascino, la propria albagia e dispotismo, gli permettevano di attingere quanto di più perfetto e desiderabile possa offrire la vita. Bob era un uomo felice, e non indegno di stima, dal momento ch'egli comparava la felicità ai propri mezzi, ed aveva saputo conquistarsela rischiando, se non molto, ma sempre di persona. Tuttavia, oggettivamente considerato, egli era un giovane soltanto vanesio, avventuroso ma con misura, che calcolava il limite della propria spavalderia: un piccolo Casanova di suburbio, a cui mancava, oltre il genio e la spericolatezza, la virtù originale del grande amatore: l'esigenza e l'ansia del possesso.

Egli, al contrario, pur virile, pur normale, pur maschio, sapeva contenersi. Maestro nel rito tenero, trepido, variato fino all'audacia, dei colloqui sentimentali, le ragazze uscivano sempre completamente intatte e vergini dalle sue mani. E forse proprio nel fatto che Bob non tentava mai di valicare quella soglia (di cui si dimostrava peraltro un esperto e irresistibile assediatore) ciascuna delle ragazze vedeva il segno di un rispetto che la induceva a credersi lei l'eletta, e la veramente amata; ed a pazientare, macerandosi nella gelosia e nell'inerzia, ad ubbidirlo ed attenderlo. Una sola di esse, colei ch'egli aveva presa e ne aveva fatto la sua amante, proprio lei che più di ogni altra poteva sperare di meritarsi la sua scelta, angosciata nel suo segreto, era quella, come sapremo, che più disperava, forse perché era la sola a conoscerlo qual era: un egoista, il quale esauriva la propria sensualità nel tatto ·nei baci e nelle parole, e gli bastava un'amante per placare i propri eccessi, cosicché la fedeltà tutta particolare di cui egli la beneficava, era unicamente dovuta alla sua viltà, se anche non era, in definitiva, un completamento del suo personale concetto dell'ordine e dell'igiene.

Doveva dunque essere proprio lui, Bob, a costringerle ginocchioni, le ragazze di Sanfrediano. Del resto, di "di là d'Arno" si tratta e di qualcosa ch'è proprio della sua tradizione, la quale ha i suoi alti e i suoi bassi, come le stagioni. E le ragazze di Sanfrediano, sono figlie delle loro madri.

Nel '19, il Gobbo, un sanfredianino discendente da generazioni di sanfredianini, gobbo com'era aveva messo sottosopra l'intero rione con le sue gesta di rubacuori, e mobilitato al gran completo la Polizia per le sue gesta di scassinatore. La Polizia accerchiò il rione, mise le autoblindo e i sidecar attrezzati con le mitragliatrici, e agenti coi moschetti e il colpo in canna ad ogni sbocco di strada: il Gobbo si fece vedere di cima ad un tetto ed orinò dall'alto sul capo del Questore che dirigeva le operazioni. Intanto, da ogni vicolo e ogni casa, le donne più virtuose, le spose più oneste e consapevoli, non soltanto le sue amanti, uscirono e si distesero l'una accanto all'altra, sul lastricato, si aggrapparono alle gambe dei poliziotti e dei carabinieri, perché il Gobbo avesse aperta la via dei tetti e della libertà.

« Era bello » esse dicono. « Era gobbo, ladro e capobanda, ma era bello. »

« Aveva una faccia da Gesù nell'Orto. »

« Un viso alla Rodolfo Valentino. »

E qualche anno dopo, le stesse donne, con in grembo loro, le ragazze di Sanfrediano che vanno pazze di Bob e gli restano schiave, le nonne e le madri loro comunque, gettarono dalle finestre l'olio bollente e gli acquai staccati dai muri, caricavano i fucili ai mariti e padri e figli, ai loro uomini rossi asserragliati dietro le persiane, le cantonate e i barrocci dei cenciaioli.

« Siamo d'una pasta tutta speciale, noi di Sanfrediano, » esse dicono.

« Brodo di trippa e gelsomino. »

Sanfrediano è in realtà un albero che germoglia da infinite primavere, e le sue ragazze sono immortali come le sue pietre. Ora, tra le tante che avevano corso il rischio di cadervi, cinque di esse erano rimaste prese, più o meno fortemente, nella stessa pania. Ma non sarebbero state loro se, "prima che il gioco resti", non fossero riuscite a liberarsi con le loro stesse mani.

Il bacio e la parola

E fu Tosca che incominciò, per quello che la riguardava, a volerci veder chiaro. Ella era una fanciulla "col cuore sulle labbra", concepiva la vita un susseguirsi di fatti tutti spiegabili ed espliciti, e siccome la delusione e il dolore appena l'avevano arrivata, le sue reazioni erano immediate, ogni contrarietà e sospetto le procuravano una sofferenza insopportabile. « Un pizzicore », com'ella diceva, « che va subito grattato. »

Ora, la pulce che Gina le aveva messo dentro l'orecchio, sono le sue parole e le ripetiamo, continuava a morderle "il tenerume". Ella amava Bob – era bello, aveva un impiego, i suoi baci sapevano stordire – e non era disposta a dividerlo con nessuno, o a saperlo insidiato. Tirava le liste della paglia sul traliccio di una sedia, ed erano le trecce di Silvana che tirava.

"Le trecce! Porta i capelli lunghi, a questi lumi di luna... Quant'è vero Iddio, la rapo come una sepolta viva, se tanto tanto..."

Iddio era in cielo e l'ascoltava, mandò Gina sulla sua strada, e le fece prendere il tram per guadagnare tempo. Tosca la vide affacciata al finestrino.

« Scendi, ho da parlarti. »

« Ma io vado a Legnaia, ci vado per fissare la casa

dove andrò a stare da sposa, il mio fidanzato mi aspetta. »

« Aspetterà, scendi. »

Gina si schermiva, il tram si mosse e Tosca s'aggrappò al respingente come un ragazzo. Un passeggero le aperse il cancelletto, era un giovane in tuta, la tirò su prendendola sotto un'ascella, le disse:

« Io l'ho aiutata, ora lei si faccia onore ».

Gina si era portata sulla piattaforma, disse: « Ma noi siamo amiche. Dobbiamo decidere, si figuri, una questione di ricamo ».

« Mi hai capito al volo » Tosca disse.

Scesero alla prima fermata, e l'operaio rinnovò la sua impertinenza: « Una bionda e una bruna, sarebbe stato un *mècce* di finale, bellezze... Chissà poi se *lui* vi merita ».

Il tram ripartì, scampanellando e col suo carico di risate. Esse si trovavano all'altezza di via San Giovanni, sotto il tabernacolo c'era la lampada accesa e dei fiori appassiti dentro i vasi.

« Vedi quella Madonna? » disse Tosca, e teneva l'amica per il braccio. « La vedi poco perché è sbiadita, ma c'è. Ora, proprio qui davanti, mi devi dire tutta la verità, su Aldo e su Silvana, da quando con Aldo mi sono fidanzata io. Perché a lei bruciano le mani? »

Gina la guardò in viso, prima di risponderle: « Non ti sembra di essere un po' esaltata? Si direbbe che Bob ti abbia lasciato. Questo mi torna nuovo ».

« Non c'è pericolo, » disse Tosca. « E fammi il favore di chiamarlo Aldo quando parli con me... Tu mi conosci, non posso sentirmi fischiare gli orecchi. »

« E perché non lo chiedi a Silvana? »

« Certo, l'aspetterò stasera, all'uscita dal laboratorio, ma naturalmente con me non sarà sincera, finirà che ci picchiamo e io ne saprò meno di prima. Tu invece sai punto e virgola cosa lei pensa di fare. »

« Io non lo so, ma non penserà di far nulla, cosa vuoi pensi di fare, è una *tattamèa*, affoga in un bicchier d'acqua... Del resto, con lui c'è poco da storiare, te ne accorgerai quando ti lascerà, sembra di potergli dar fuoco e lui riesce sempre a tapparti la bocca con un bacio e una parola. »

Questo Tosca non lo voleva sentir dire ma, fu strano, invece di inveire contro l'amica, provò uno scoramento improvviso, come poche sere prima, allorché era passata Mafalda sull'auto e Bob aveva pronunciato quelle parole: "Si è data alla bella vita da quando l'ho piantata". E fu allora che le si rinnovò improvvisamente più acuto il primo dolore della sua vita, al pensiero che Bob potesse divertirsi con lei, una parola un bacio, e poi piantarla come le altre, e lei sarebbe rimasta con questo amore che sentiva di portargli, diventato inutile, "come una pentola", pensò, "senza aver più dove posarla". Tacque, e subito dopo le si inumidirono gli occhi. Ma non era ancora un vero dolore, bensì il suo presagio, un sentimento tuttavia nuovo, lacerante ed odioso, che prelude al dolore, la nascita della gelosia, bastò per rianimarla.

Gina la guardava, vide le lacrime che le bagnavano gli zigomi, tornò a sorridere e le disse: « Se vuoi un chiarimento con Silvana, me presente, io non mi rifiuto ».

« Ah, no, questo spettacolo non te lo godi. Aldo è mio e non lo divido nemmeno a parole con nessuna, non me lo faccio portar via. Sono io che ve l'ho portato via, a tutte quante siete. »

« Figuriamoci, » scattò Gina. « A me di lui non m'è rimasto attaccato neanche un'ugna, un filo... »

Era già di per sé una bugia, una ritorsione, poiché tutto di Bob le era caro, le toglieva il sonno e la ragione – ed ora quello scatto l'aveva improvvisamente scoperta – tuttavia riuscì a frenarsi e ad affrontare la situazione: le sue parole racchiudevano un significato che Tosca non si lasciò sfuggire.

« Come, come, cioè, cosa vuol dire? » Tosca insorse, e le fiamme degli occhi asciugarono rapidamente le lacrime. « Il filo, l'unghia, e dianzi il bacio, la parola... Sei stata fidanzata anche tu con Aldo, come Mafalda, come Silvana, come me... »

« Ma nient'affatto, ho detto per dire. »

« Giuralo, giuralo qui davanti alla Madonna... Di', perdessi il bene della vista. »

« Perdessi il bene della vista. »

« Ripetilo con più convinzione. »

« Perdessi il lume degli occhi. »

« Di', mi si cioncassero le mani. »

« Mi si cioncassero le mani, sei contenta? »

Ora era lei a doversi mordere le labbra per sostenere la propria parte, Gina, che forse amava Bob come nessuna altra mai, ed era in procinto di sposarsi "per fargli dispetto", un dispetto che faceva a se stessa, dopo che gli si era data. Giurava e intanto mentalmente: "Madonna mia, perdonami, ti porterò un cero, lo faccio per il bene che gli voglio", ripeteva, e le sembrava che scagliare Tosca e Silvana l'una contro l'altra fosse il secondo e unico modo che le rimaneva per sgombrare il campo di due rivali, le più pericolose poiché erano le ultime a cui Bob si era attaccato, e ricondurlo a sé, lui che non la prendeva mai sul serio quando essa gli diceva: « Bada, mi sposo ».

« Ti sposerai quando ti darò il permesso, » lui rispondeva. « Non ho ancora deciso se non sarai proprio tu quella che finirò per scegliere... Hai capelli come la seta nera, è un complimento nuovo, te ne accorgi? Lo sai che è come se avessi te sola, soltanto a te sono fedele... Non è un segno, questo? »

« È un segno, Bob, ma è un segno che dura da sei anni e addirittura da quando sono nata, e tu mi tieni come il due di briscola nel tuo mazzo, mi cerchi quando ti servo, a volte mi vergogno perfino delle mie mani tanto mi vergogno di essere arrivata a questo punto. »

Allora Bob le chiudeva la bocca con una parola e un bacio.

« Sei il mio boccino, » le diceva, « quello vero. »

In realtà essa rappresentava per Bob qualcosa di irrimediabilmente diverso da ciò che avrebbe voluto essergli. Era la sua amante e il suo amico.

E Tosca disse: « Va bene, ti verrò a cercare se sentirò il bisogno d'avere un testimone ».

« Conoscete la bella Gina? »

"I figli sono la manna del Signore" e appena nati diventano una bocca di più da sfamare; i proverbi dei poveri esprimono la verità appunto perché si contraddicono, in Sanfrediano e dovunque vi sia gente che fatica a mettere assieme il pranzo con la cena.

Bob aveva cinque anni quando nel suo stesso caseggiato nacque una bambina, egli si rimpinzò di ciambelle dolci, di confetti e di marsala in occasione di quel battesimo, era un bel rinfresco, era la prima figlia di due sposi che avevano fatto dei risparmi con la loro botteguccia di droghe e coloniali. La mamma della bambina lo prese sulle ginocchia, tirò la culla vicino a sé e gli disse:

« Ti piace? Ha i capelli neri come i tuoi, e già tanti per essere appena nata. Quando sarà grande te la farò sposare. »

« Certo, » disse la madre di Bob, « chi si assomiglia si piglia. »

« Se cresce splendida com'è nata, farà onore al verso e i giovanotti diventeranno matti per lei.

Conoscete la bella Gina?

dice la canzone. »

Quei capelli crebbero, diventarono morbidi come seta, e sotto di essi cresceva una bambina dai lineamenti un po' volgari, che assomigliava al padre, la bocca troppo grande e il nasino dalle narici troppo forti per una bambina, ma i begli occhi chiari, la personcina snella, la ingentilivano, e più ancora il suo carattere affettuoso, di un'innocenza, con gli anni, anche eccessiva in una fanciulla di Sanfrediano. Bob la incontrava per le scale ed in strada, le tirava i capelli o la coglieva alle spalle d'improvviso.

« Ohi, mi hai fatto paura. »

« Non è nulla, vedrai quando ti avrò sposata. Ti mangerò la dote in un battibaleno. »

Lei cresceva e Bob era il suo sposo, era felice che lui si ricordasse che gli era stata promessa, era il ragazzo più bello, più pulito ed educato della sua strada e del rione. Ella aveva quattordici anni e i rinfreschi si erano succeduti nella sua casa, sempre più modesti, suo padre era già ammalato, morì e la madre era ancora incinta del sesto bambino, il secondo dei maschi e le quattro femminucce di cui Gina era la maggiore, maggiore di tutti. La madre stette dietro il banco finché non la colsero le doglie, poi, per una settimana, la bottega rimase chiusa e poi si dovette vendere, per un'inezia, poche migliaia di lire e Gina dové abbandonare il ginnasio appena cominciato, entrare in una sartoria, e compiuti i diciotto anni, siccome il salario era maggiore e il posto più sicuro, lasciò il laboratorio per la Manifattura e divenne sigaraia, sua madre intanto si era ricordata di possedere il diploma d'infermiera.

Fu un'adolescenza dura, sudata, di Sanfrediano, che ella visse con rassegnazione e con fervore; ora s'era fatta donna, era snella, piacente, così come da bambina prometteva che sarebbe diventata, con quella gentilezza dei modi che se non era più innocenza, era tuttora il suo carattere e la sua virtù. E Bob era sempre il suo sposo; ella sola, dei parenti e gli amici che avevano partecipato al suo battesimo, aveva alimentato negli anni il ricordo di quella promessa e di quella profezia: adesso più di prima, siccome si erano fidanzati. Questo era accaduto quando lei aveva sedici anni, era la primavera del '40 e lui già avviato nella sua carriera di rubacuori, e tra breve la sua classe doveva andare di leva. Ma era ancora Aldo, anche se ora lo si doveva chiamare Bob.

« Non ti importa se non ho più dote? »

« È meglio, così ti potrò tirare i capelli senza rimorso. »

E subito le disse ciò che lei gli rappresentava. « Vedi, Gina. Con te è diverso, siamo cresciuti uscio ad uscio, mi sembra tu sia una specie di mio amico. Con te non c'è bisogno di salamelecchi. Sono sicuro che tutto quello che mi passa per la testa, non occorre te lo spieghi, lo capisci da te. Ti ho sposata il primo giorno che nascesti, a quanto dicono, ed è un po' come se fosse vero. Ora mi sono accorto che sei diventata donna, e mi piaci. Mi sembra di poter fare di te ciò che voglio, e che a te stia bene. Non ti sta bene? »

Era un modo sincero ma brutale, comunque sfrontato, di dichiararle il suo amore, non certo quello che Gina aveva sognato e si attendeva, ma ella interpretò ciò che Bob le diceva come il suo cuore desiderava sentirsi dire.

« Certo, » ella disse, « sono nelle tue mani, ci sono sempre stata, non ho desiderato che questo da quando ho avuto l'uso della ragione. »

Soltanto in seguito ella avrebbe capito che senso avessero le sue frasi, e quali verità sarebbero venute a rispecchiare. Lo cominciò ad intuire di lì a poco, allorché gli si era data – una sera, la sera dell'Ascensione di quello stesso maggio 1940, sul prato grande delle Cascine, e c'era un frastuono di grilli, ossessivo, nel suo ricordo, ad accompagnare l'attimo eterno in cui le era parso di perdere la conoscenza, il cielo che le precipitava dentro gli occhi, carico di stelle, e il fiato di Bob, il suo abbraccio, era una cosa immensa, irresistibile, fidata, che la ingoiava – e Bob era mancato due volte all'appuntamento. Dovette attenderlo sulla porta di casa per incontrarlo, e fingere di parlargli con noncuranza per via della gente, sua madre e la madre di lui, che erano sulle soglie, alle finestre, a frescheggiare.

« Cosa hai avuto da fare? »

« Una ragazza, credo tu la conosca, Mafalda, la rossa. »

E siccome ella si appoggiò al muro, annichilita, e ancora con la speranza che lui stesse scherzando: « Ti fai venir male? » egli le chiese. « Ma non erano questi i patti? Tu non hai bisogno che ti giuri amore eterno. Lo sai che sarai tu quella che finirò per scegliere, prima o poi. Ora ho bisogno di vivere la mia vita, di divertirmi. »

« Ma io..., » ella azzardò.

« D'accordo, tu, è come se ti avessi già sposata, non ti sposai appena nascesti? » le ripeté, e sorrideva, sicuro di sé, dei concetti che esprimeva: « Con le altre mica faccio lo stesso, u mi basti, con le altre mi diverto, » disse ancora. « È così che un uomo che si rispetta deve fare! Con questo di onesto da parte mia: io te lo dico, mentre gli altri uomini, alla ragazza che, sì, insomma, il giorno dell'Ascensione, mica glielo dicono se si stanno divertendo. Ti dovresti considerare fortunata. »

Ella fuggì su per le scale, per non scoppiare in lacrime e dare spettacolo lì, in mezzo alla strada, dopodiché tutti lo sarebbero venuti a sapere, e Bob voleva che il loro fidanzamento rimanesse segreto: « Se rendiamo la cosa ufficiale », diceva, « veniamo a perdere la libertà che abbiamo, ed io, per il momento, non intendo perderne nemmeno un briciolo », aveva aggiunto, la sera stessa dell'Ascensione.

Quindi era andato soldato, le scriveva fermoposta, era rimasto in Italia, aveva saputo fare, ed era passata la guerra, egli era tornato e tutto aveva ripreso come prima. E quando lui la voleva, "come una di strada" ella cominciava a dirsi, uscendo, al mattino, Bob scendeva lentamente le scale cantando, la canzone che era stata la loro canzone, dei giorni in cui si erano fidanzati, e che adesso acquistava un significato vergognoso, infame, "come una di strada, cui si fa un fischio, per scaricarsi degli ardori, una volta la settimana", ella si ripeteva:

Com'è bello far l'amore
quando è sera

egli cantava:

Core a core co' una pupa
ch'è sincera

e Gina sapeva di doverlo attendere fuori Porta, andavano nel magazzino dove il padre ed i fratelli di Bob, ai quali egli aveva trafugato una chiave, riponevano i loro attrezzi di imbianchini, nelle ore in cui Bob sapeva che i suoi parenti si trovavano a lavorare lontano. E lui era "il suo amico", le raccontava di sé e delle ragazze su cui aveva posato gli occhi, senza pudore, se Gina glielo chiedeva. Sempre, ormai, ella glielo chiedeva, le sembrava il solo modo di vederlo sincero, "suo", che le si confidava, e le giurava, ogni volta, di amare lei soltanto, in definitiva, di possedere lei sola, anche se da alcune delle altre non si sapeva staccare per dedicarsi a colei che in quel momento lo interessava.

« Appunto perché ti tradisco con quattro o cinque insieme, non ti tradisco con nessuna. Sono loro che tradisco con te. Del resto, mi diverto. Mi gingillo. Ma in fondo, sul serio, non arrivo mai. Mica me n'approfitto, stupida! Approfittare m'approfitto di te sola... »

Era mostruoso, e Gina lo capiva, vedeva Bob qual era, "uno sciagurato", il quale godeva nel metterla sotto i propri piedi, e che aveva bisogno di partecipare a qualcuno le sue gesta, e con gli amici non poteva siccome temeva potessero rendergli la pariglia, e qualche padre o fratello costringerlo con le spalle al muro, e lui, Bob, non poteva subire degli scacchi, le ragazze doveva essere lui ad abbandonarle, allora sì che si vantava con tutti e le portava in giro sulla bocca della gente. Era un vigliacco, ed ella gli stava a paro, poiché non trovava la forza di liberarsene, e più lo scopriva ignobile più le sembrava di amarlo, gli si dava, accorreva, "come una di strada" ai suoi appuntamenti, e soltanto quando lui la possedeva essa sentiva che le apparteneva, suo e di nessun'altra, vigliacco com'era le altre finiva col rispettarle. « Finché il lecito e l'illecito », diceva, « non oltrepassano la porta, hanno voglia di venire parenti maschi all'arrembaggio, gli faccio fare dietro fronte con un paio di frontini. » E Gina stava tra le sue braccia, e lo incalzava, era più forte di lei, non si offendeva nemmeno più, era la sua complice, la sua vittima, si scopriva a compiacersi con lui, dei suoi successi ed a convenire che Bice era più fine di Silvana, ma che nessuna delle due "poteva legare le scarpe" alla Toschina: le ultime a cui restava fedele e che tradiva con lei, "approfittando" soltanto di lei, nel magazzino dietro le Mura.

E improvvisamente ella aveva intravisto la strada per costringere Bob ad una decisione. Un cenciaiolo di via Camaldoli (lo conosceva da sempre, aveva forse passato i quarant'anni, lui diceva trentanove, ma era ancora giovane, simpatico, soltanto un po' stempiato, aveva guadagnato subito dopo la guerra con gli stracci, « ho una posizione di qualche milioncino » diceva) le aveva chiesto di sposarlo. « L'età non conta, io sono in gamba più di un giovincello, e tu mi sei sempre andata a genio, sei l'unica ragazza seria di tutto Sanfrediano! Tra l'altro, se mi sposi, non lo dico per offenderti, ma in casa tua, tanti quanti siete, potrete tirare un po' di respiro. Ne ho già parlato a tua madre, so che non ti ha detto nulla perché non ti vuole influenzare, ma sarebbe contenta. »

« Capisci, Bob, » ella diceva l'indomani, « lo sa anche la mamma, è una fortuna per noi, e del resto a me non mi dispiace, è un bell'uomo. »

Bob rideva. « Ti sposerai quando io ti darò il permesso, quando avrò deciso se sposarti o no io. »

Ed era per accelerare la sua decisione, e metterlo "alle porte coi sassi", per vedere se di lei Bob non potesse veramente farne a meno, che Gina aveva spinto le cose tanto innanzi, e fissato il giorno delle nozze. Ma contemporaneamente non sapeva rifiutarsi alla sua canzone, erano ormai le sole occasioni ch'ella aveva per incontrarsi con Bob e porgli il suo ricatto. Bob la scherniva; e le chiudeva la bocca con un bacio e una parola. Ed ecco che la sua casa di sposa era stata già arredata, ecco che le sue nozze si dovevano celebrare tra quindici giorni.

« Bada, Bob, davvero mi sposo. »

« Sì, sì, quando casca la cupola. D'accordo? »

Mafalda, ovvero la figlia del vetturale

Era una fine di settembre, un giorno di paga in cui l'a-
nimo è disposto più di sempre a veder bello il cielo e
splendide le ragazze. Il sole si era già levato, scioglieva
gli ultimi lembi di caligine all'orizzonte del fiume, e il
cielo era azzurro e fermo, Bob vedeva le cime dei ci-
pressi di Bellosguardo svettare dai tetti, una prospettiva tra gli embrici e il cielo. Egli si rimirò ancora, di faccia e di profilo, alla specchiera.

« Sei a posto » gli disse la madre. « Sei il solito fi-
gurino. »

Il padre ed i fratelli erano usciti.

« Hanno un lavoro fuori città, forse non tornano
nemmeno a cena, debbono finirlo entro domani... Questo mese non è andata male », aggiunse « e se vuoi
trattenerti qualcosa di più dal tuo salario... »

« Sei la mamma delle mamme, » disse Bob, e la baciò sulla fronte mentre tornava ad aggiustarsi la cravatta.

Quindi scese lentamente le scale, un gradino dopo
l'altro, il mondo era suo, egli cantava, sostò un attimo
sul pianerottolo, cantando, davanti la porta di Gina, e
fu in strada.

Gina gli confermò che non sarebbe mancata all'appuntamento, si affacciò alla finestra del suo primo piano: « Che ore sono, Bob? » gli chiese.

« Le sette e mezzo, bellezza »

« Meno male, stamani credevo di arrivare in manifattura dopo la sirena, ciao... Come? »

« Niente, mi fa piacere apprendere che arriverai in orario, sul lavoro. »

« Ah, certo, sono gli ultimi giorni, dopo sposata farò la signora. Ma voglio essere puntuale e fare il mio dovere fino in fondo. Non voglio avere nulla da rimproverarmi, non ti pare? »

E richiuse la finestra senza attendere la sua risposta.

Più avanti, il vecchio Barcucci sedeva sulla soglia del suo noleggio di barroccini, col mezzo toscano tra le labbra e la stampella bilanciata sulla coscia sana e il moncherino, come un fucile.

« Vieni al biliardo, Bob, stasera? Quei ragazzi ti aspettano, » gli disse. « Gli devi dare la rivincita. »

« D'accordo, vi porterò tutto il mensile. »

« Oh, non è dalle tue tasche che si scuciono i quattrini, tu sei nato di domenica, sei fortunato al gioco e in amore. »

« Sono capace, Barcucci, è per questo, sono bravo. »

Il vecchio spuntò il sigaro coi denti, era il vecchio Barcucci che le ragazze e i ragazzi di Sanfrediano se li era visti crescere sotto gli occhi, e poté dirgli:

« Non fare il Bob più del necessario. »

Ora, via della Chiesa si apriva lunga e diritta davanti a lui coi pavesi delle biancherie alle finestre, e la sua gente già in animazione; gli ospiti del Dormitorio Pubblico uscivano a frotte dal portone, carichi di cenci e sospettosi, guardandosi attorno i più, come per ispirarsi nella scelta della direzione che gli rendesse propizia la giornata, e subito, una vecchia dal viso devastato e bonario, affrontò Bob che le passava vicino e stese la mano. Indossava un lungo abito giallastro, una specie di tunica trattenuta alla vita da un cordone, ed al collo, fino sul petto, uno scialle viola, ugualmente liso e scolorito, così come il cappello di paglia nera, minuscolo, posato sui cernecchi grigi.

« Attaccate presto la fatica, » le disse Bob. « Ma non vi posso servire. »

« È lo stesso, » costei disse. « Siete così bello che avervi visto per primo, oggi mi porterà fortuna. »

Egli sorrise, cavò di tasca due lire. « Ecco, » le disse, « per il complimento. »

« Ma è la verità, ve lo dice una che a suo tempo ha corso la cavallina, siete un sole. »

Era Bob, e cominciava una delle sue giornate, sempre propizie per lui, una mendicante lo aveva incensato, e al di là del ponte, Bice sicuramente lo aspettava. Egli procedeva, per le strade e i vicoli di Sanfrediano, seguendo il suo itinerario consueto, di reuccio quale si sentiva, persuaso degli omaggi che gli erano dovuti al suo passaggio, ed ai quali rispondeva col suo sorriso a bocca chiusa, sornione, uno scintillio degli occhi, un'increspatura delle labbra, un gesto misurato della mano, un saluto in cui la diversa intensità della voce sottolineava, nelle sue intenzioni, la spontaneità e il distacco che glielo ispiravano. E alle sue spalle, i sospiri, le esclamazioni, le ironie che accompagnano i Bob nel loro cammino, mentre passano agili tra la gente, al di sopra e al di fuori della mischia, amabili, odiosi, fatui come dittatori sul cavallo.

Egli voltò, al solito, per via del Leone e si tirò, se possibile, ancora più su di spalle: in quel tratto, poteva capitargli di incontrare Loretta, colei che certamente sarebbe succeduta a Tosca, e che per intanto egli teneva a "cuocere" sotto il fuoco dello sguardo. I camion di raccolta delle immondizie sostavano su una fila e ostruivano mezza strada. Bob dové portarsi sul marciapiede opposto, ove un gruppetto di persone era fermo attorno al friggitore di polenta – ed ora, a pochi passi, sul suo lato, vide Mafalda invece.

Ella stava appoggiata fuori la porta del casamento dove abitava, a braccia conserte, un piede alzato contro il muro, e indosso una vestaglia leggera, di seta celeste, che le modellava i fianchi e le conferiva un aspetto trasandato ed eccitante, di ragazza ancora calda di letto e nuda sotto la vestaglia. La zazzera folta e spettinata dei capelli naturalmente rossi, e il volto senza trucco, in cui le efelidi avevano un netto risalto sul pallore delle guance, accentuavano la sensualità propria del suo corpo solido e plebeo.

« Buongiorno, cavaliere, » ella gli disse.

Bob non avrebbe voluto fermarsi, Mafalda non gli apparteneva più, già da tempo egli l'aveva estromessa dal cerchio dei propri interessi, e quella sua ostentazione e sfrontatezza, lo infastidivano. « Ciao, bella, » e si portò una mano alla fronte, simulando un saluto e un inchino, e proseguì.

Ma la ragazza, senza muoversi, lo trattenne per un braccio. « Credi mi sia alzata a quest'ora per nulla? Ho fatto una levataccia apposta per poterti salutare. »

« E io ti ringrazio, ma me ne devo andare. »

« Ah, ah, » ella sghignazzò, « le carte annonarie ti aspetteranno. Del resto, per quello che servono, quant'è che non distribuite l'olio? »

Egli si ricordò di essere Bob, e di ciò che Bob dovesse dire, scoperse i denti, era il suo bel sorriso, e nello stesso tempo la guardò negli occhi duramente: « Dico, bambina, sei andata a letto tardi ed hai sogna-

to male. Fra te e me i conti sono liquidati da un pezzo ».

Ella dette in una risata, e la gente ferma davanti al
friggitore si voltò a guardare.

« Liquidati, e quando? E perché, abbiamo mai fatto degli affari insieme, tu ed io? »

E siccome Bob si era di nuovo incamminato, questa
volta ella si mosse per raggiungerlo. Ma Bob conosceva le sue ragazze e seppe come evitare il chiasso che
Mafalda sembrava disposta a fare.

« Non gridare, Faldina, lo sai, questo è l'unico mezzo per finire di disamorarmi. »

« Ho sbagliato, » ella disse, e gli camminava al fianco, erano adesso due amici che parlavano.

« Però, tu, come mi tratti? Non ti fai più vedere. »

« Dunque, è evidente che non ne sento il bisogno. »

Ella riuscì a frenare il proprio impulso, ebbe un modo fisico, infantile, di accusare l'offesa e di lasciarla
cadere, chiuse le labbra tra i denti ed inghiottì la sa-
liva.

« Non è vero che hai premura, » gli disse. « Non
sono ancora le otto, ed in ufficio entri alle nove. Sali
un momento da me, ti farò il caffè, sono sola in casa,
parliamo. In questo momento io non ti posso accompagnare, così in vestaglia come mi trovo. Vieni, ho
mille e una cosa da doverti dire. »

« E di tutte, nemmeno una che m'interessi. »

« Perché ti sei staccato da me senza una ragione? »

Avevano raggiunto piazza del Carmine, ed egli vi si
era diretto apposta, rinunciando al suo itinerario abi-
tuale, per imboccare Borgo Stella, un tronco breve di
strada, deserto ed appartato, fuori dal traffico e dal
rione, dove si sarebbero potuti fermare, nel vano che

crea il cancello posto sul retro di un giardino, e restare il più possibile inosservati ai rari passanti.

« È forse la prima volta che mi fai questa domanda? Non ti ho forse già risposto? »

« Ma sono una ragazza da potersi buttar via? » ella disse, ed il suo tono era adesso umile, pietoso, in contrasto con la scomposta fierezza della sua persona. Ed egli fu reciso, come si era ripromesso, ma forse anche perché sapeva di non aver nulla da temere, in nessun senso: Mafalda non aveva nessuno alle proprie spalle, se non un padre vetturino, ubriacone, vecchio e sfinito come il suo cavallo.

« Ti sembro una ragazza che non dica più nulla? » ella ripeté.

« Sì, ormai sì. Ed a me, le scarpe usate non mi vanno bene. »

Subito, ella gli si avventò, e Bob dovette tenerla per i polsi, ma non poté impedirle di gridare.

« Ora, naturalmente, ora sì, perché mi faccio invitare a cena e poi ci casco. Ma chi mi ci ha messo, alla disperazione? Non ero stata con nessuno quando tu mi potevi avere, e tu pusillanime, credevi volessi comprometterti. Ah ah, compromettere un bel partito, per poi farmi sposare! Ma chi te lo chiedeva? Chi vuoi la sposi la figliola di un fiaccheraio, con le calze rotte e la smania del lusso come me? Mi sarei messa a fare la spazzina, se tu lo avessi voluto... Ecco, ora le calze ce l'ho, di seta, lo sa tutto Sanfrediano, non ti comprometti più... Ci sono degli uomini con la macchina e le terre al sole che mi si mettono in ginocchio finché non dico di sì, ed io cretina, sempre fissata con lui... Possibile che tutti mi stiano addosso, appena mi vedono, e l'unico che mi garba mi consideri spazzatura? Fissata di farlo ingelosire, di fargli dispetto, leccavo le pietre dove lui passava, coi begli occhi di Bob davanti ai miei, notte e giorno. Ma che ero, accecata? Ah, il mio bel partito, il mio baffino! Ormai lui non si giova, le scarpe vecchie non se le mette, ce n'ha quante ne vuole, belle nuove, ma chi ci ha, ma chi sono, chi era quella disgraziata con la quale stavi sotto le Mura l'altra sera?... Ormai sì, vero? Ma sono io che non ti voglio più, lasciami... Sei un manichino, sei fatto di mota, sei un vigliacco... »

Lottavano, ed egli temeva che un passante o qualcuno, da una finestra o dal giardino, potesse intervenire; le storse i polsi e la sbatté contro il cancello. Ella si piegava sotto la stretta, si divincolava, tentava di mordergli le mani che la immobilizzavano, e gridava ormai fuori di sé, stravolta.

« Guardami, » gli gridò d'un tratto, rovesciò indietro la testa, fece arco del proprio corpo trattenuto dalle sue mani, la massa dei capelli le ricadde in un viluppo, e dalla vestaglia che le si era allentata, il seno appariva scoperto, tutto nudo ed ansimante. « Sono una ragazza da buttar via? » ripeteva.

« No, no, » egli adesso le diceva. « Sei bella, la più bella di tutte, ma calmati. »

E siccome ella lentamente si rilassava, e la voce si spegneva a poco a poco, egli la sollevò e la fece appoggiare al cancello, la ricompose, e ve la sostenne. Ora lo sguardo della ragazza era vitreo, gli occhi spalancati ed immobili, il mento le tremava, e le sue mani erano fredde, di morta – finché la crisi si risolse nel pianto ed ella tornò ad animarsi, singhiozzava, con la fronte sulla spalla di Bob, e lui le carezzava i capelli, in silenzio, timoroso di poterla nuovamente eccitare, qualunque cosa le dicesse.

Passò un ragazzo, correva, sostò per caricare con un

sasso la sua fionda e colpire gli uccelli su un albero del giardino, così li vide, era di Sanfrediano e li riconobbe, rimase un momento a guardarli, a testa in fuori e sopracciglia alzate, poi disse: « Ohe, Bob, sono tutte coteste le tue conquiste? » e fuggì.

Ma bastò perché Mafalda si rinfrancasse, e proprio dalla nuova amarezza che l'impertinenza del ragazzo le aveva procurato, ella sembrò ricavare la forza di sorridere.

« È così, Bob, » disse, mesta, ironica con se stessa. « Mi sono fatta un nome e ti sto rovinando la fama. »

Egli era tuttora turbato, e disposto a dimostrsi gentile, comprensivo ed a suo modo sincero: « Stai rovinando te stessa, non me. In questo senso, io cosa vuoi ci perda? ».

« Già, » ella disse. « Tu cosa ci perdi? »

E rapidamente tornava ad essere quella che era, becera, sfrontata, si ravviava le ciocche dei capelli dietro l'orecchio, ed era soprattutto offesa con se stessa, per la prova di debolezza che gli aveva dato.

« Ma nemmeno io, del resto. Ormai, no? »

Lo guardava e cercava di dare al proprio viso un atteggiamento di derisione, si sentiva stanca, pesa in ogni giuntura e sostenersi l'affaticava.

« Piuttosto, » egli disse, « vediamoci, » e più a bassa voce: « Non sei affatto da buttar via... Stasera ».

« Non posso, ho già un impegno... Ed ora, ciao, e scusami, ma sai com'è? I miei amici mi hanno insegnato a fumare certe sigarette, e a volte sotto quell'influenza, torna a galla un passato che a mente fresca è morto e seppellito. Perché a me, te l'ho detto, mi fai soltanto schifo. »

E volle andare fino in fondo, nelle ingiurie rivolte a quel suo Iddio che la guardava sorridendo, tetragono e insolente, per immolarsi al quale ella aveva, in verità, escogitato un martirio singolare e tuttavia abbastanza peregrino. Ella si annodò più stretta la cinta della vestaglia, e gli disse impulsivamente, di nuovo ciana, sguaiata:

« Lo vuoi sapere qual è la mia opinione su di te? Che con le donne ti piaccia farci soltanto le porcherie che si facevano quando si era alle scuole elementari, e andandoci a letto ho l'impressione che sul più bello ti faccia difetto la natura. »

Gli voltò le spalle e già alcuni passi distante, senza più badare a lui, se fosse ancora lì e potesse udirla, gli gridò: « Del resto, consolati, non saresti il primo ».

Bob era ancora lì, scuoteva la testa, la commiserava, era il giusto che considera il corpo del traditore ucciso ai propri piedi. Così, la vide allontanarsi, e appena raggiunto l'angolo, la vide attraversare correndo piazza del Carmine, e immaginò che essa corresse per raggiungere più presto la sua casa e potersi buttare sul letto, scossa dai singhiozzi. Allora guardò l'orologio, erano le otto e quaranta e gli rimanevano pochi minuti da dedicare a Bice, con la quale aveva fissato per tre quarti d'ora prima. Chissà se Bice era ancora ad aspettarlo, forse no, si disse; dopo tre quarti d'ora e sapendo ch'egli doveva trovarsi in ufficio per le nove, Bice avrà creduto mancato l'appuntamento e se ne sarà andata.

Ma Bob era già, evidentemente, un uomo in procinto di venire abbandonato dalla sua stella, se proprio sull'unico argomento di cui poteva dirsi esperto, l'animo delle ragazze, ponendosi due interrogativi, si dava, nello spazio di un minuto due risposte entrambe errate. Bice, in realtà lo aspettava calma, serena, lo avrebbe aspettato, magari, fino a notte. E Mafalda non stava davvero a singhiozzare sul proprio letto, invocando il suo nome, tra le lacrime; aveva soltanto accennato la corsa per accelerare il passo, e per un comprensibile senso di disagio provato nello scoprirsi in vestaglia, tra i pochi passanti, nella grande piazza da attraversare. Appena fu di là, ed ebbe raggiunto il quadrivio di via del Leone, si sentiva stanca, questo, sì, sfinita e pesante, entrò al Caffè-Latteria e ordinò un cognac. « Pago dopo, » disse. E alla padrona che le chiedeva se non stava bene, cosa si sentiva, rispose: « Ora sto benissimo, mi sono tolto un peso dallo stomaco... Bevo alla salute del più sciagurato uomo che esista sulla faccia della terra... Sciagurato lui, » precisò, « non che ne faccia, di sciagurate, non c'è peric lo! »

Bice, candida e scaltra

Bice era seduta su una panchina, nella piazzetta al di là del ponte, sotto la statua di Goldoni, con in mano il suo giornale a fumetti e la borsa appesa alla spalla e trattenuta sotto l'ascella. Era una ragazza anche lei sui vent'anni, pallida e bionda, le labbra appena ravvivate dal rossetto, e un volto di adolescente ormai fiorita, ma a cui l'esperienza del mondo e delle cose non ha turbato le doti verginali dell'innocenza e della fiducia. Il suo corpo, piuttosto alto, slanciato, dalle forme compiute ed esplicite; tutta la sua persona, in apparenza soltanto graziosa e comune, conquistava appunto per la semplicità, la dolcezza e il disinvolto pudore che ispirava e che le erano così propri da diventare singolari e attraenti. Ella era esattamente quella che appariva, quieta, credula, ottimista, incapace di un sentimento assaltante come di un affetto eroico e di un sacrificio meditato, squisitamente femminile, limitata e paziente; tuttavia, in questo suo modo superficiale, bonario, ed arguto, di posare gli occhi sulla realtà, consisteva la sua difesa. Ella sapeva spontaneamente determinare i suoi orizzonti, nulla di ciò che le sfuggiva poteva destarle delusione, siccome le sfuggiva non le apparteneva, entrava nella schiera di quei sogni e figurazioni con i quali ella cullava la sua pigra fantasia, senza che glie ne restasse né ansia né rimpianto. La sua naturalezza e onestà era la sua forza morale, autentica dunque. Era una ragazza modesta e cordiale, che godeva dell'inestimabile dono di conoscersi, e di conseguenza, per quanto angusto fosse lo spazio che educazione e cultura occupavano nel suo spirito, di conoscere gli altri, di intuirne cioè, infallibilmente, l'inettitudine o la lealtà; ed ella era abbastanza saggiamente egoista da sottrarsi e da difendersi allorché l'avventura che le piaceva di vivere, le richiedeva un di più di spericolatezza e di incognite. Per il resto, ella sapeva che il suo avvenire (dal quale si riprometteva uno sposo che le desse una casa, dell'agio, e che comunque la togliesse dal suo banco di commessa) non dipendeva da lei, non poteva essere lei a sollecitarlo, ella avrebbe dovuto soltanto sperimentare, scegliere e non ingannarsi. E che Bob non avrebbe impegnato a lungo la sua vita, ella non ne aveva mai dubitato, ma era ad ogni modo presa di lui, perché Bob era elegante, era bello, in Sanfrediano cento ragazze glielo avrebbero invidiato, e nessuno degli altri giovanotti con i quali era stata fidanzata aveva saputo baciarla e parlarle come lui, con la sua tenerezza e la sua audacia, nessuno aveva i suoi occhi e il suo odore. E nemmeno le doleva troppo che dopo i primi mesi del fidanzamento, egli adesso la trascurasse, era facile a capirsi, egli era Bob, fatuo quanto bello, e lei sapeva di non doverglisi sacrificare nella speranza di attirarlo a sé definitivamente, non era certo su di lui che poteva aprirsi il suo avvenire.

« Credevo di non trovarti più, » egli disse.

Ella si era alzata, piegando il giornale, e gli tese la mano.

« La pazienza è la mia virtù fondamentale, » ella disse. « Ma certo, se non ero in vacanza, non ti avrei potuto aspettare. Così, vedi, la settimana di ferie, anche se a fine settembre, mi serve a qualcosa. »

Poi gli suggerì: « Tua madre si è dimenticata di svegliarti, immagino ».

Si aggiustava la giacca, corta, aderente al corpo, tirandola sui due fianchi.

« Macché » egli disse. « Ho fatto un incontro. »

« Bello? »

« No, soltanto noioso. »

« Una tua antica fiamma? » ella azzardò.

Egli l'aveva presa a braccetto, e le disse: « Non chiedermi altro perché ti lascerei curiosa... E galoppa se mi vuoi accompagnare ».

Accelerarono il passo, sui lungarni per accorciare la strada, e lui disse: « Ti donano i capelli buttati all'indietro, ti si scopre la fronte tutta bella com'è ».

Ella arrossì. « Ah, l'hai notato? » esclamò.

« E ora dimmi: mi sono pettinata così senza volere... »

« Invece no, l'ho fatto apposta, per sentirtelo dire. »

« Sei un amore, » egli le sussurrò, e le sfiorò il mento con la mano, una carezza. « Quando ti finiscono le vacanze? » le chiese.

« Vedo ti sei dimenticato... Mi restano due giorni e... »

« E io ti avevo promesso che oggi pomeriggio, siccome è sabato e sono libero, andavamo insieme da qualche parte. »

« Non puoi più? » ella disse, e istintivamente si era fermata; egli la spinse per il braccio.

« Infatti, rimandiamo a domani. »

« Non puoi, perché? Be', va bene, perché non puoi, ormai ci sono abituata a questi perché senza risposta. »

All'incrocio col Ponte Vecchio il traffico, un'auto, un carretto, li costrinse a dividersi per qualche passo, erano sotto la Volta degli Archibusieri, riuniti adesso, egli le mise un braccio attorno alla vita, la stringeva al fianco e guardò l'orologio che teneva al polso.

« Davvero devo scappare... Ma non voglio lasciarti col broncio, troviamoci quando esco, verso il tocco, ci sei? »

« Se potrò, » ella disse, « se riuscirò a trovare una scusa in casa. »

Era una ragazza, e di Sanfrediano, un pretesto non poteva mancarle – e Bob, all'una quando lasciò l'ufficio, era contento di sé più di ogni altro giorno, quel giorno, col salario in tasca di cui poteva trattenere una parte maggiore del solito; e Mafalda che singhiozzava sul suo letto; e Gina che non sarebbe mancata all'appuntamento e lo avrebbe minacciato di sposarsi, prima di cadergli una volta ancora tra le braccia; e Tosca contava le ore e i minuti, una paglia dopo l'altra, spingendo col cuore la campana di Cestello, che la dividevano dalla sera, allorché si sarebbero incontrati all'ingresso delle Cascine – e Bice già ferma in attesa all'angolo di via de' Benci, si dava un contegno guardando nella vetrina di una merceria. Egli le si avvicinava con in testa questi allegri pensieri, e sorrideva, baffino e contento, ma a se stesso prima che a Bice, si congratulava di quanto fosse Bob e all'altezza della propria fama, e si diceva, becero, malgrado tutto, sanfredianino qual era: "Peccato non aver fissato con Silvana, la mia manidifata, se avessi fissato anche con lei, sarebbe una giornata in cui le passerei in rivista tutte, quelle ancora in attività di servizio, cari cari i miei boccini".

« Dove andiamo a quest'ora? » chiese Bice.

« Intanto a prendere una pasta e un aperitivo. »

« E dopo? »

« Dopo saliamo col tram sui Viali e ridiscendiamo a piedi, piano, piano, fino a Porta Romana, e in Sanfrediano. »

« Io ho già mangiato, ma a te verrà fame, nel frattempo. »

« Dipende da come lo impiegheremo questo tempo. »

E lei, ragazza saggia, alla quale non piaceva promettere ciò che non era disposta a mantenere, anche se mantenere le sarebbe stato gradito, attribuendo a Bob un'intenzione gli disse: « Allora sarà bene che di paste te ne mangi più d'una, per fermarti lo stomaco, » e mentre così diceva non c'era più nessuna malizia nelle sue parole, ma soltanto un'amorosa sollecitudine.

Là, sui Viali, con gli alberi che ingiallivano e un grillo superstite, miracoloso, che cantava nel prato ove essi si riposarono, egli fu brillante, tenero e audace fino all'illecito, ma sempre nella sua particolare e cauta misura di esserlo, e lei fu di volta in volta gaia, eccitata, confusa e costantemente felice. Quindi si salutarono, si sarebbero incontrati l'indomani – "forse", "forse?" – e il programma della sua giornata si compì come Bob se l'era tracciato. Gina pianse, si disperò e gli si dette "per l'ultima volta".

E Tosca venne alla sua ora, all'ingresso delle Cascine, ma un istante appena, siccome aveva la febbre alta, un'influenza, ed era già stata una pazzia l'aver preso tanto chinino perché la febbre le scendesse, ecco che non si reggeva in piedi e poteva dirgli soltanto buonasera.

« Resterò a letto tutta la giornata, » gli disse. « Troviamoci qui a questo stesso posto, domani sera. »

« D'accordo, » egli disse. « Ma tu promettimi di venire anche se ti dovesse scoppiare la polmonite. »

« Non mancherò, vedrai, per nessun motivo. »

Era inconsuetamente scontrosa, triste ed eccitata ed egli attribuì tutto ciò alla febbre e al chinino. Volle essere spiritoso, e le disse:

« Se ti farai aspettare, attenta, dalla disperazione i baffi, invece di tagliarmi quelli che ho, me li faccio crescere lunghi come un mugico. »

« Non scherzare sempre, Aldo, » ella disse. « Io ti amo sul serio, e te ne darò le prove, e anche tu me le dovrai dare, coi baffi o senza. »

Fece cenno all'autobus di fermare, vi salì senza voltarsi per salutarlo dalla piattaforma.

E lui s'incamminò, ora era al biliardo che lo aspettavano.

Una partita, un pugno e una digressione sull'uso e sugli effetti del « frontino »

« Tira, Gran Sultano, » gli disse il suo compagno di gioco.

Bob calcolava il punto di palla, curvo sul biliardo, e manovrando con la stecca, pensò: "Infatti, ho un harem". Le sue ragazze gli vennero tutte insieme davanti agli occhi, le cinque che al presente lo impegnavano, compresa Mafalda che era tornata ad inserirsi nella serie a forza e di sua iniziativa, ritte in fila come i birilli, e Tosca stava al centro, più bella e più preziosa delle altre, era il birillo piccolo. Egli sorrise e colpì, fu un buon tiro, soltanto il birillo piccolo rimase miracolosamente in piedi, rosso e fiero sul gran prato verde del biliardo.

« Qualcosa ti resiste, a quanto pare » commentò una voce.

« Al contrario, quella è la favorita, » egli disse.

C'era la platea tutt'intorno, Bob si esibiva, e l'ironia di cui era oggetto aveva il tono di una scanzonata ammirazione.

« Chi è, la conosciamo? »

« Dovresti essere eunuco per poterlo sapere. »

« Mai che si conoscano quali sono, le pratiche che Bob ha in corso. »

« C'è sempre un paio di pantaloni dietro una ragazza, no Bob? »

« Oh, io, la concorrenza me la sono sempre mangiata a colazione, » egli disse.

« Beato l'amico con cui ti sbottoni, » disse un altro.

« Perché, Bob ha un amico con cui si confida? Sarebbe un uomo comune se lo avesse... Le donne lo riempiono fino a dar di fuori, » disse il primo.

Era un biondino, un tappezziere, alto ed esile, tutt'occhi.

« Non è vero, Bob? » insisté.

« Proprio così, caro Gianfranco, » egli rispose. Passava il gesso sul cappuccio della stecca. « Una donna è un grande amico, e c'è più gusto, » aggiunse.

Sollevò l'ilarità, le risa, e il suo compagno di gioco s'impazientì.

« Dài, parla meno, tocca a te. »

Questa volta il colpo era facile, la palla dell'avversario si era fermata all'altezza del filotto, il birillo rosso cadde assieme agli altri; ma tanto facile era il colpo che Bob impresse un effetto eccessivo alla sua palla, e questa invece di cozzare contro il boccino, e compiere il tiro pieno com'era nelle intenzioni del giocatore, lo frisò appena ricevendone giusto l'impulso per precipitare diritta dentro una buca. Ora, coi punti così perduti, la partita era compromessa.

Il tappezziere dette un nuovo avvio al coro. « Il boccino ti ha tradito, perdonalo, è anche lui una cialtroncella, e tu sei tanto generoso. »

Bob lasciò cadere la stecca, la riprese al balzo dopo che l'estremità gommata ebbe battuto sul piancito, intanto guardava Gianfranco. Per la seconda volta ch'egli aveva associato l'immagine di Tosca al proprio gioco, Gianfranco ne aveva commentato l'esito come seguendo il suo pensiero. Fece un passo e gli fu di fronte. Gianfranco staccò le spalle dal muro, gli era più alto di tutta la testa, gli ridevano gli occhi.

« Cerchi me? » gli chiese.

Era già una sfida e Bob fu costretto ad accettarla, disse: « Volevo ricordarti che le cialtroncelle, dalla prima all'ultima, hanno sempre portato il tuo cognome ».

Rapido, esatto, il pugno di Gianfranco lo colpì tra naso e bocca, e prima ancora che Bob potesse mettersi in guardia e reagire, li divisero. Era una zuffa, in Sanfrediano, per ragioni di donne, indubbiamente, e tornata la calma, dopo che i due avversari erano stati i soli a non gridare, framezzo al clamore generale, il vecchio Barcucci, vecchio saggio, sanfredianino, che fino ad allora avevo segnato i punti della partita, assunse di diritto il comando delle operazioni, e agì da quel generale e da quel giudice che era.

« Silenzio, » impose. « Ora, prima esce Gianfranco, poi esce Bob, credo vi convenga andare dietro le Mura. »

E rivolto attorno, a tutti e a nessuno precisò: « Loro escono e noi li aspettiamo qui per la bevuta, gli diamo mezz'ora di tempo per la spiegazione, e per i cazzotti se lo crederanno necessario... E tutti fermi, eh, se qualcuno li segue, gli rompo la gruccia sul groppone, e lo denuncio in cellula se è comunista. È chiaro, si tratta di una questione privata, e non è il caso di gonfiarla col baccano. Loro, poi, sono due che non hanno bisogno d'aiuto ».

Ora Bob e Gianfranco camminavano paralleli, a un metro l'uno dall'altro, e malgrado l'intimazione del Barcucci, c'era a distanza chi li seguiva, un gruppetto, dei giovani ardimentosi ai quali né la gruccia del vecchio né la disciplina di Partito a cui egli si era appellato, facevano paura, e che stavano per Gianfranco, naturalmente, suoi amici, e adirati tuttavia, siccome Gianfranco non li aveva informati del veleno che covava.

« È per la Leda? »

« È per la Rossana? »

« È per la Tina? »

si chiedevano, tutta merce, com'uno disse, che Bob aveva finito da un pezzo di esitare.

« Sarà per la Mafalda. »

« Quale Mafalda, la rossa, la figliola del Panichi fiaccheraio? Ma se ci sono stato anch'io con lei, ma se va un po' con tutti ormai, non è per lei che Gianfranco si può essere scaldato. »

« Sia per la Luciana? » uno azzardò. « Tempo fa li vidi che ballavano stretti più del necessario, lei e Bob. »

« Ohe, Luciana non la nominare! » uno scattò. « Stasera è serata, e i cazzotti ci si danno noi prima di loro, qui, subito, senza bisogno di andare dietro le Mura. »

E così fu, ed a Bob e Gianfranco mancarono gli spettatori.

Erano le undici di sera, era autunno, essi voltarono l'angolo di via Sant'Onofrio, appena rischiarato da una lampada ad arco, con le finestre tutte spente e una bottega di vinaio sulla cui soglia e nell'interno v'erano uomini accesi dal vino e da una discussione. Sul fondo dove l'ombra s'infittiva, riverberato alle spalle dalla fila dei lampioni che segue il fiume, il fabbricato dell'antico Tiratoio era anche più spento e silenzioso. Le voci dei bevitori avevano un risalto nell'aria, quasi fredda questa, e ventosa, per le due correnti che infilavano la strada dal crocicchio del Borgo e del lungarno. Camminavano sul marciapiede, Gianfranco guardava avanti a sé, teneva le braccia distese lungo il corpo e i pugni chiusi, come un'arma già puntata. Bob lo controllava, temeva lo assalisse d'improvviso, e di passo in passo, sentiva che la propria irritazione, invece di accrescersi, s'illanguidiva; ora provava soltanto disagio, per il vento, e il labbro che si faceva gonfio, e l'assurdità di quella marcia silenziosa, verso una battaglia che capiva sempre meno perché dovesse combattersi. Era un avvenimento che non rientrava nel programma della sua giornata, un "numero" aggiunto all'ultim'ora, e lo infastidiva, era stanco, la sua casa era lì vicina, desiderò di trovarsi già disteso, in pigiama, la bocca fresca di dentifricio, a leggere il giornale su cui si sarebbe addormentato. Non era viltà, era pigrizia; camminando, ma il cammino era stato breve, duecento trecento metri, le sue riflessioni volgevano rapidamente all'abbandono. Forse la codardia si ammantava coi panni del buonsenso, certo è che il suo scatto allorché venne, fu lo scatto di un uomo conciliante più che risentito, e un modo di buttare la spugna.

« Non ti sembra che facciamo ridere i polli? »

Senza fermarsi, Gianfranco disse: « Se ritiri ciò che hai detto, e se quel cazzotto ti è bastato, altrimenti non hai da fare che pochi passi ancora ».

« Va bene, ti chiedo scusa, ma non è per paura, tu lo sai, sono stato io ad insegnarti come si tiene la guardia, quando venivi in palestra da ragazzo. »

« E ora sono cresciuto, ho soltanto qualche anno meno di te, e te le posso dare, è tanto che mi struggo. »

Erano arrivati sul lungarno, v'era di fronte a loro il recesso delle Mura, il campo di battaglia.

« Allora che si fa? » disse Gianfranco. « Sei proprio deciso ad alzare il braccio? »

« Forse, ma prima vorrei sapere per chi e per cosa avrei l'onore di spaccarti il viso. »

« È tanto che mi struggo, » ripeté Gianfranco.

E infine esplose, lo prese per i risvolti della giacca,

spingendolo contro la spalletta del fiume, gli gridò: « Silvana, no, lei non la devi infamare, mascalzone ».

« Ah, è per Silvana, bene, ascolta. »

Gianfranco lo lasciò, come subitamente pentito del proprio gesto. Egli era un ragazzo semplice, sensibile, leale, ma orgoglioso; era un temperamento, e nella sua misura, il suo istinto subiva tutti i limiti che la sua volontà gli poneva. Ora egli si rimproverava di avere pronunciato il nome di Silvana. Ella gli era cara, e se possibile ancora di più dopo che lo aveva respinto, dicendogli, amichevole, ma recisa, che il suo cuore batteva per Bob "e soltanto per lui, sia quello che sia, si diverta con me, mi trascuri come sta facendo oppure no, mi pigli o mi lasci, è il mio primo e ultimo, o lui o nessuno". Non era dunque parlando di Silvana che Gianfranco poteva umiliare Bob, gli ripugnava perfino sentirgli ripetere il suo nome; e se prima, picchiandolo per l'insulto che gli aveva rivolto al biliardo, Gianfranco aveva sfogato su Bob il proprio segreto rancore, ora Bob sapeva che il vero motivo era Silvana, e battersi significava trascendere sul suo stesso piano, contendergli Silvana alla pari di un Bob contro un Bob, e offendere comunque, così facendo, proprio lei, Silvana.

Bob passava la mano sui risvolti per cancellarvi le sgualciture, prendeva tempo e diceva: « Sei giovane, non sai stare al mondo, su queste cose ci si spiega prima di regolarle coi cazzotti, se poi merita ci si picchia. Vedremo, se merita. Intanto, andiamo via di qui, verranno a cercarci e ci interromperebbero il colloquio. Dove vogliamo andare? ».

« Dove vuoi, ormai te la sei scampata. »

« Anche questo resta da vedere, chi l'ha scampata, se tu od io... Andiamo a sederci sugli scalini del Tiratoio, è ad un passo e saremo appartati, » disse Bob.

Ora, sì, era viltà. Ma egli era pur sempre Bob, aveva davanti a sé un avversario e non poteva cedergli una ragazza senza prima discutere e lottare; egli lasciava, non cedeva. Capiva tuttavia che Gianfranco era più forte, invincibile, fu una impressione oscura ma immediata, come se davvero egli dovesse rendere conto a quel ragazzo delle proprie azioni. Una volta tanto Bob si sentì battuto sull'acchito, e tale stato d'animo era presumibilmente da collegarsi alla considerazione di ciò che Gianfranco era nella realtà: un ragazzo audace, sbrigativo, portato in palma di mano, ora in specie, a seguito delle sue gesta partigiane. Per di più, questa volta, seduti che furono sui gradini del Tiratoio, come tentando una rivincita sul pugno ricevuto al biliardo poco prima, Bob volle essere lui a prendere l'iniziativa, ma esordì con un colpo che gli andò a vuoto e che più scoperto non lo poteva lasciare.

« Premetti questo: io, Silvana, non ho nessuna intenzione di vedermela soffiare, per nessun motivo. Ed ora, sentiamoli i tuoi argomenti, non ne ho idea. C'è stato qualcosa fra te e lei? »

« No, ma non ci dovrà essere nemmeno fra lei e te. So chi tu sei. »

« Cosa sai? »

« Più di quanto tu non creda, e più di quanto crede di saperne la gente, » disse Gianfranco.

Era un modo di distogliere il discorso da Silvana, e Gianfranco era un innamorato respinto dalla sua bella, che cercava una verità capace di mettere in croce il suo nemico. Non gli fu difficile trovarla.

« So, per esempio, e benissimo, che tu non sei mai stato partigiano. »

Bob balzò in piedi, e tartagliava: « Come... io... ma vuoi scherzare? ».

« Accomodati, sugna, » disse Gianfranco, e la sua voce era vernacola e insolente, aveva colpito il segno e piantato il primo chiodo. E glielo disse: « Considera o no, se ti tengo in mano, l'attestazione per il riconoscimento, ti sei scordato? te l'ho firmata io... Ti si vide uscire col fazzoletto rosso dopo che Sanfrediano era già liberato, e lo stesso, per quel poco che restava da fare, ti nascondevi non so dove, non c'eri mai. Tuttavia, quando me lo chiesero, detti il parere favorevole, eravamo amici, si trattava di farti un piacere, a me bastava sapere che se non hai fatto il partigiano, non sei mai stato nemmeno fascista ».

« Ah, questo no, questo no di certo. »

« Ma del resto, sai, meglio un fascista di te, in certo senso, quanti ce ne furono che pagarono di persona, e seppero morire. »

« Mi ricordo, perdio, quelli che si fucilarono in Piazza del Carmine. »

« Zitto, che gli rispondi ai tuoi orecchi, se ti stanno a sentire? »

« Cosa vuoi dire, che avevo paura, che pativo a vederli fucilare? »

« Tu non patisci per nulla e per nessuno, fai patire... Non sei né fascista, né comunista, né democristiano, non sei mai stato nulla, sei stato o sei forse qualcosa? »

« Come no? Un partigiano! »

Gianfranco rise, e disse: « Mica hai torto. Sai quanti sono i partigiani uguali a te? Molti più di quelli veri ».

« Ecco lo ammetti... e io, se la verità la conosci fino in fondo, saprai che il riconoscimento l'ho avuto come patriotta, come uno, cioè, che non ha preso parte a fatti d'arme, e non come partigiano, mentre tanti che fecero meno della metà di quello che feci io... »

E siccome Bob ripigliava quota, e si accalorava, Gianfranco lo zittì con una minaccia alla quale soltanto una coscienza sporca poteva credere e lasciarsi intimidire.

« Hai mai considerato che io potrei ritirare la testimonianza? Basta io dichiari di essermi sbagliato perché ti tolgano anche il brevetto di patriotta, che ti hanno dato, e allora, baffino, dove la nascondi la faccia passando per Sanfrediano, tutti rossi come sono? »

Bob era una coscienza sporca, era annichilito, e disse: « Saresti un poco di buono, se tu lo facessi, ormai ch'è andata... ». Era una implorazione, del crocifisso che esala l'ultimo respiro.

Ma Gianfranco volle stravincere.

« E le tue donne, » incalzò, « dopo saputo che sei un vigliacco, che tutto il rione ti considera tale e ti avrà, a poco a poco, tolto il saluto, come la piglierebbero, le tue donne? »

Allora Bob, fu lui. Improvviso, e quasi a lui stesso inatteso, vibrò a Gianfranco, colpendolo sulla fronte col cavo della mano, dal basso in alto, quello che in Sanfrediano chiamano un "frontino". L'idea di decadere nella stima e dal cuore delle sue ragazze, esse che erano la sua vita, l'aveva resuscitato.

Il frontino, è un colpo bonario, vale la manata sulle spalle; nei confronti di un fanciullo sostituisce la carezza, e in opposte circostanze è il massimo segno di disprezzo. In questo caso il frontino serve "a non sporcarsi troppo le mani" con chi è talmente in basso da non meritare di essere schiaffeggiato. E c'è il frontino, cosiddetto interrogativo, che sta a metà tra il complimento e l'ingiuria, ed è un modo squisitamente popolano di provocare, dalle reciproche reazioni, un sentimento definitivo. L'ampiezza del gesto che accompagna il frontino e l'intensità del sorriso di chi lo vibra, determinano i vari generi, poiché in quanto a peso, sia il frontino rivolto in segno di affetto, di offesa o di perdono, la misura non cambia. Si tratta sempre di un colpo secco, potente, sotto la cui scossa, la testa colpita torna e storna e per alcuni secondi il cervello si dilegua. Comunque, nulla di più appropriato di un frontino per risolvere o far cambiare rotta ad una discussione, allorché l'interlocutore tocca il limite estremo del tenero, del drammatico o dell'abbietto. Ma c'è anche una quarta circostanza che esige l'uso del frontino, ed è quella in cui si trovava Bob, dell'uomo messo con le spalle al muro, che subisce una condanna o un ricatto sproporzionati alla sua colpa, inauditi e mortali: il frontino della disperazione.

Erano seduti sugli scalini del Tiratoio, ove sei secoli prima i lanaioli sanfredianini "tiravano" le stoffe appena tinte e lavate, e sotto il colpo di Bob, la testa di Gianfranco rimbalzò due volte contro l'antica pietra dell'edificio, come la stecca del biliardo sul piancito. Contemporaneamente, Bob si chinava, già soccorritore e conciliante, sull'amico.

« Ti ho fatto male? » gli chiese.

« Tu no, il Tiratoio » disse Gianfranco.

E subito rialzatosi, trovò Bob di nuovo scoperto, come al biliardo, lo raggiunse con la sua castagna tra naso e bocca. Erano all'aperto, questa volta, e Bob né poté né volle rifiutarsi alla lotta, e nel silenzio, nell'ombra della piazzetta si picchiarono a lungo, in silenzio, ferocemente, cadendo, rialzandosi, sanguinando entrambi, sanfredianini che si cazzottavano. Finché il gruppo partito dal Circolo, col Barcucci in testa, veloce quanto i giovani malgrado la stampella, e nel corso della perlustrazione, coi loro commenti ad alta voce, destando la curiosità e trascinando tutti coloro che incontravano, li scopersero, li divisero e li costrinsero a darsi la mano.

E Gianfranco disse: « Ammetto che forse ne ho buscate. Dico forse, sia chiaro. Non ti facevo ancora così in fiato ».

Poi, siccome gli domandavano la ragione della loro lite, Gianfranco strinse più forte la mano di Bob per chiedergli di essere solidale, e disse: « Era per un'azione partigiana. Bob sosteneva che a scovare certi "neri" asserragliati in una certa casa, c'era anche lui, e a me non pareva. In un'altra occasione forse sì, ma non in quella ».

« E ora, che si decide? Bob, c'era o non c'era? » chiese qualcuno.

Gianfranco rise, e disse: « Be', se risulta che di noi due il più segnato in faccia dopo la cazzottata, sono io significa che c'era ».

La gente gli stava attorno, e s'infittiva; c'era la crema del rione, era sabato sera, era fine mese, e ciascuno con in tasca i resti degli stipendi e dei salari, pagati i debiti, chi un lavoro comunque l'aveva, e reduce dal cinema, dai caffè, dal bordello o l'osteria. Scoppiò un applauso e si levarono dei commenti, da questo cerchio degli estranei.

« Bene! Anche questa volta Bob è cascato ritto. »

« E con chi! »

« E partigiano a un punto che non si sarebbe mai creduto. »

« Soprattutto per la modestia di essere rimasto zitto fino ad ora. »

Ora, udendo quelle voci, la sua vittoria assumeva, per Bob, un significato inaspettato. La pienezza della giornata appena vissuta, e la felicità che vi aveva attinto, gli avevano dunque dato tanta baldanza da fargli dimenticare la statura fisica e morale del suo avversario·

aveva trattato Gianfranco come quando erano ragazzi, allorché i quattro anni di differenza gli garantivano autorità e supremazia. Per un istante Bob pensò quanto era stato audace e spericolato nel provocare Gianfranco, prima al biliardo e poi sui gradini del Tiratoio – ma subito dopo, lo invase una spropositata coscienza del proprio contegno, e i commenti della gente, l'atteggiamento conciliativo di Gianfranco, le sue non richieste ammissioni, finirono rapidamente col persuaderlo di avere affrontato e vinto una battaglia decisiva, e di potere ormai stringere Sanfrediano dentro il pugno, a suo piacere.

Era stata, egli pensava, la sua grande giornata; era stato piuttosto, sciagurato, il principio della sua fine.

Bob è Bob e Barcucci è il suo profeta

Chi lo reggeva, Bob, l'indomani? Aveva messo al tappeto l'eroe di Sanfrediano, di fronte al quale anche le pietre si toglievano il cappello, e che a vent'anni godeva dell'ascendente, del rispetto e della gloria di un veterano. La voce era corsa, nel giro della mattinata, era una domenica, e ne parlavano al Circolo, nei caffè, sul sagrato del Carmine e di Cestello, e le ragazze da finestra a finestra, sulle soglie, con indosso gli abiti della festa e le permanenti appena ritoccate. E diversi erano i commenti e le interpretazioni contrastavano, sussisteva tuttavia nel giudizio comune, il cerotto sul sopracciglio di Gianfranco, l'ecchimosi che gli fasciava l'occhio, a contrasto col volto illeso di Bob, sbarbato di fresco e luminoso, con appena l'enfiagione del labbro, ma bisognava accostarlo per accorgersene e convenire che, pur essendosi rivelato il più forte, anche Bob, in qualche modo, doveva averne buscate la sua parte. Era su questo punto che nelle sale del Circolo, al biliardo e in Sezione, si accaloravano gli amici di Gianfranco, il cui modo di rendere gli onori delle armi, la sua generosità e lealtà nell'ammettere subito la vittoria di Bob, appartenevano al suo carattere, ma erano state troppo ampie e precipitose per non lasciare adito a dei sospetti. Gianfranco si era battuto per una ragazza, era chiaro, non ne voleva dire il nome, ed anche questo gli faceva onore, ma egli non aveva il diritto, per assicurarsi il silenzio di Bob, e la sua omertà, di confondere "il diavolo e l'acqua santa", riconoscendogli pubblicamente dei meriti partigiani che Bob non aveva. E che poi, proprio Bob, fossero stati colpi d'incontro e occasionali, ed a maggior ragione se si trattava di una vera e propria *libecciata*, avesse costretto Gianfranco a mostrarsi col cerotto in viso e le lividure, era, oltre ad un rincrescimento di amici, un'offesa per l'intera partigianeria, e quindi personale, per tutti e per ciascuno.

« Sta a vedere, » uno disse, « che non abbiamo avuto paura dei Tedeschi e ci facciamo mettere a sedere da uno come lui. »

« Da un pirulino. »

« Da una sugna. »

« Da una mezzasega. »

« E diciamoci francamente la verità, » scattò un morino « quest'inglese di Bob incomincia a puzzare. Viene al biliardo e ci piglia i quattrini, sembra che le ragazze di Sanfrediano siano tutte sue, se esci con la fidanzata sei costretto a sentirti dire: "Impara da Bob a sceglierti le cravatte, a come si portano i vestiti, a come ci si pettina, a come si tiene la ballerina...". Ora, poi, ieri sera, davanti ad un'infinità di estranei, Gianfranco va a dire che Bob, a quella no, ma almeno a un'altra delle tante azioni, perdio se c'era, mentre sappiamo tutti, e finora questa era l'opinione generale, che Bob non fece che il suo dovere dell'ultim'ora e chissà nemmeno se lo fece e... E chi ce ne libera? » concluse.

Un altro, era un bel ragazzo bruno, dal corpo solido e ben fatto, i capelli ondulati, il volto quasi implume, e un atteggiamento, uno sguardo di adolescente esperto e anzitempo viziato, intervenne e disse: « Io proporrei di dargli una lezione, il modo lo si può sempre studiare ».

E fu la volta del Barcucci, che dove erano i giovani là si trovava, con la sua stampella, la sua arguzia e il suo buonsenso: « Alt, » disse. « Riassumendo: bocciata in partenza l'idea della lezione. La proposta di Fernando sappiamo tutti da dove parte e dove vuole arrivare. Voglio dire che se Fernando aspira alla successione, come vi aspira, non gli resta che mettere Bob in minoranza agli occhi delle ragazze, facendosi fatalone più di lui. A Bob la lezione gliela daremo, dopo averlo avvertito con le buone, e sempre che si vanti di azioni alle quali non ha partecipato, e in quanto a smentirlo fino da ora con la gente, ci vorrà poco, e me ne occupo io. Ma la realtà è un'altra e una sola: Bob si è picchiato con Gianfranco e gliele ha date, e Gianfranco per restare all'altezza della sua fama è stato eccessivo nelle sue dichiarazioni post il fatto. È quindi a lui che dobbiamo chiedere delle spiegazioni. Gianfranco è un responsabile e deve fare ammenda ».

« Tutto bene, » disse il primo che aveva parlato, « ma Bob, da ora in avanti, ci sta qui più di prima, » e si mise un dito sotto la gola.

« In quanto a me, » Fernando disse, « chiedo la parola per fatto personale. Le ragazze che ho io, Bob se le sogna di notte. Certi razzi che si accendono soltanto in Sanfrediano, e alle quali Bob non fa né caldo né freddo, e quando ci si è provato è tornato a casa al buio... Del resto » aggiunse, « a chi lo dico? Lo sapete quanto me che nei miei confronti Bob è un dilettante. »

« Bob è Bob, e tu sei Fra Ciavolino, » disse Barcucci.

E questa uscita (le manate sulle spalle che richiedeva, le ironie e le risa) valse a ristabilire l'allegria, l'atmosfera di confidenza in cui si attendeva Gianfranco e che prelu-

deva alla sua rapida, persuasa e completa assoluzione –
e contribuiva a mandar Bob sempre più di traverso, ai
giovanotti di Sanfrediano, i quali avrebbero comperato
l'occasione per cambiarglieli loro, i connotati.

Ma Bob, intanto, chi lo teneva? Vincitore, e tuttavia
suonato, egli era rientrato a casa dopo la mezzanotte, suo
padre e i suoi fratelli a quell'ora vegliavano attorno ai
loro capanni di cacciatori, la madre dormiva nella propria camera. Bob era arso dalla sete, accaldato, con la
testa pesante e un ronzio dentro; tre volte, nel corso della battaglia, i pugni di Gianfranco lo avevano raggiunto
ad una tempia, sempre la stessa, e soltanto ora ne avver-
tiva la consistenza. Anche una mascella si destava, pro-
curandogli dolore se muoveva il mento. Egli si guardò
nello specchio, la faccia era salva, e si sorrise. Il labbro
inferiore era gonfio, una sciocchezza, si disinfettò e vi
spalmò della vasellina borica, prima di coricarsi. Ma non
riusciva a prender sonno, uno ad uno tutti i colpi che
Gianfranco aveva messo a bersaglio sul suo corpo, ebbero la loro eco, tardiva ma montante via via che il tempo
passava. Finché la testa gli sembrò lì lì per scoppiare,
un fuoco, e certamente aveva la febbre, si alzò, versò
dell'acqua dentro una catinella, vi aggiunse poco dopo
due gocce di colonia, intanto aveva cominciato a mettersi il fazzoletto bagnato sulla fronte. Era un refrigerio,
continuò a lungo così, e quegli acciacchi non gli erano
sgraditi, li risentiva come ferite gloriose, sorrideva tutto
solo e contento di sé, laureato e onnipotente quale gli
pareva di essere. Poiché, Gianfranco non era un sanfredianino come gli altri, averlo battuto ed averne ricevuto
da lui stesso l'attestazione, era diverso dall'avere avuto
la meglio su un qualunque altro avversario, come già gli
era capitato – raramente, tuttavia – dopo che aveva
smesso di chiamarsi Aldo ed aveva perduto la sventatez-

za del ragazzo per assumere sempre più, un giorno dopo l'altro, la personalità e la coscienza di Bob. E Bob, i pugni era poco disposto a darne, appunto perché temeva di riceverli, e rimanere segnato e subire una umiliazione che l'avrebbe bene o male diminuito agli occhi delle ragazze. L'idea di ricevere dei cazzotti, gli metteva addosso la stessa inquietudine che provava nell'udire uno sparo, o nell'assistere, ad esempio, ecco, ad un'operazione. Non era paura tuttavia, era sensibilità, una questione di nervi, se non proprio una dimostrazione di gentilezza d'animo. Ciascuno è fatto a suo modo, si diceva; e al momento opportuno egli aveva sempre saputo affrontare le situazioni. Non rifletteva che certe situazioni egli aveva sempre cercato di evitarle, e che solo se trascinatovi suo malgrado le aveva affrontate, e risolte, oh sì, sempre in suo favore, ma non ancora una situazione veramente decisiva, che impegnasse totalmente la sua figura, la sua fama e il suo onore. Ciò era accaduto adesso, con Gianfranco, per quel che Gianfranco rappresentava e per le circostanze che ne erano derivate.

Bob capiva tutto questo, inconsciamente ma attivamente, e vi lavorava di fantasia, cambiandosi di tanto in tanto la pezza fredda sulla fronte, pieno di sudore, di eccitamento e di visioni. Come aveva sconfitto Gianfranco, poteva ormai sconfiggere chiunque, Gianfranco, stesso se ci si fosse riprovato, Joe Louis in persona. Bob era finalmente un uomo completo, svezzato dal timore, con una sua storia alle spalle, di partigiano che aveva preso parte a un numero non ben definito di azioni, ma certo cospicuo, e capace perfino di riviverle quelle azioni, e di vedersi, col suo mitra e il suo fazzoletto rosso attorno al collo, qua e là, in luoghi ben precisi, ardito e fiero nella prospettiva della memoria.

Delirava ormai, e soltanto il delirio, e il delirio di un

Bob in particolare, poteva suggerirgli d'idea di avere acquistato, con pochi pugni ed un "frontino" vibrato a tradimento, le virtù e i meriti dell'avversario che aveva sconfitto, propri comunque di un temperamento diverso dal suo. Quanto poi, in realtà, lo avesse sconfitto, ad un estraneo sarebbe bastato risalire alla causa di quel delirio, per rendersene conto: i pugni di Gianfranco gli avevano lasciato salva la faccia, evidentemente, ma solo quella.

Ma era soprattutto, appunto alla sua faccia fisica, che Bob teneva; e le sue ragazze potevano guardarlo, ed essere orgogliose di lui. Ora, è da presumere, egli sarebbe stato molto più audace nei suoi rapporti sentimentali, e la soglia che finora si era volontariamente preclusa, non si sarebbe più fatto scrupolo di valicarla. Avrebbe sempre e comunque "approfittato", d'ora in poi, dietro le Mura e sui prati delle Cascine. Esisteva forse qualcuno nella cerchia sanfredianina, in grado di costringerlo con le spalle al muro? Un frontino e via, a chi si fosse azzardato. E Gina poteva sposarsi, se credeva, egli sarebbe stato generoso: approdasse pure, Gina, alla sua casa nuova di Legnaia, tra le braccia del suo cenciaiolo stagionato, Bob scioglieva le vele verso porti ben più aulenti e dorati: Tosca, ad esempio, e Silvana per la quale si era battuto, e Bice, "isole del tesoro", e un'altra, da poco rivelatasi, e che oltre ad essere boccino e bocciòlo, portava il nome di un'attrice di cui Bob era ammiratore. « Loretta e Bob », esclamò, sanfredianino quale restava, malgrado tutto, « una coppia da pienone »; e si cambiò per l'ultima volta la pezza bagnata di sulla fronte, era l'alba ormai, il sole si era levato, suonava la campana di Cestello, sua madre trafficava in cucina, e Bob la raggiunse per la prima colazione.

Il male alla testa gli era quasi passato, e anche se il

suo corpo continuava a dolersi un po' dovunque, e le sue mani e la sua fronte erano un fuoco, il suo spirito era fresco, Bob si sentiva "in forma e in fiato", uno splendore. Erano le conseguenze, e lui ex atleta doveva pur saperlo, di quello che i pugilatori chiamano k. o. tecnico, quando di un uomo continua a stare in piedi la sua spoglia, e la lucidità è perduta, gli atteggiamenti diventano anormali, meccanici, riflessivi. Così Bob cominciò la sua domenica, e i consigli che la notte gli aveva recato, gli stavano presenti più di prima. Ebete qual era, di là a poco si dispose ad applicarli. Cominciò a mirarsi il labbro, appena un poco gonfio, e trovò che gli donava, era una civetteria, il distintivo del merito.

Era ancora davanti allo specchio, e si rasava, sua madre era uscita per recarsi alla messa ed al mercato, suonarono, egli aperse e si trovò Gina di fronte. Ella richiuse rapidamente la porta, timorosa, disse:

« Credo non mi abbia visto nessuno. Comunque, io sono qui per chiedere del sale a tua madre, nel caso diremo che non sapevo fosse uscita. Invece l'ho spiata dalla finestra fino a via della Chiesa. »

Egli si passava la macchinetta su una guancia. « Ma il sale, lo vuoi davvero? Siete rimasti senza? » le chiese.

« Ti sembra il momento di scherzare, Bob? »

« Perché, cos'è cambiato da ieri ad oggi? »

« È cambiato che lui vuole vada a passare questi ultimi otto giorni che ci dividono dalle nozze, in casa dei suoi, per finire di affiatarmi con sua madre, e per dare insieme gli ultimi ritocchi alla casa di Legnaia. »

« E tu vacci, » egli disse. « Mica è male tenersi buona la suocera, e mica vai lontano, da qui non ci saranno nemmeno cento metri, in linea d'aria. »

Ella gli si avvicinò, lo tenne alle braccia, lo guardava,

ed egli si staccò, le disse: « Non mi fare perdere tempo, mi si asciuga il sapone ».

« Ma Bob, » ella disse, si reggeva alla spalliera di una sedia, era una donna che supplicava, « lo capisci cosa significa? Che è arrivato il momento in cui gli dovrò dire tutto, che non lo voglio e che l'ho preso in giro... Io affronterò la sua reazione quale sarà, è invaghito a morte, e mi potrebbe anche ammazzare... Ma stai sicuro, io nemmeno in agonia gli dirò perché l'ho fatto, cioè per te, e nemmeno da te esigo nulla, cosa potrei esigere? Ormai è così, e così sia. Mi dispiace soltanto, per il bene che ne poteva venire ai miei... E da te, vorrei almeno ti rendessi conto che questa è la massima prova che ti dò, di amarti sul serio, se già non te ne ho date abbastanza, di volere essere tua e basta. Ero una ragazza di Sanfrediano, con tutto il mio orgoglio, e sono diventata il tuo zimbello, la tua complice che più vergogna non mi potrei fare... »

« Hai finito? » egli disse.

« Sì, lo so, per te è naturale, tu sei sempre stato sicuro che sarebbe andata così, e che non avrei avuto il coraggio di staccarmi da te, e anch'io lo sapevo, ma speravo... ora non spero più, ora... »

Bob la interruppe, con la sua faccia metà rasa e metà sapone; guardandola nello specchio dove la figura di Gina veniva a riflettersi, alto alto buttò le sue parole:

« Ma ci sarebbe un'altra soluzione, non ci hai mai pensato? Metterebbe tutti a posto: te, me, lui, la tua famiglia, la suocera... »

« Sarebbe a dire? » ella chiese, e spalancò gli occhi, il cuore le doleva, ma riuscì a non alterare la propria voce, volle che Bob dicesse ciò che ella immaginava le avrebbe proposto, e non voleva crederlo capace.

Egli continuò, nel suo tono distratto, evasivo, in cui

l'intenzione era ancor più palese: « Potresti benissimo sposarlo, io mica per questo restituirei a mio padre la chiave del magazzino... Dico, fra te e me, continuerebbe tutto come prima ».

Fu il suo errore, altri Bob ne doveva commettere nel corso della giornata, ma tutti facili a riparare come erano stati facili a riparare gli errori commessi fino ad allora, se non avesse commesso questo, capitale. Egli non avrebbe mai dovuto rivelarsi a Gina quale ella adesso lo vedeva, anche perché quella non era la sua vera fisionomia, e il suo carattere era diverso, di un cinismo e di una spudoratezza innocenti, dopotutto. Ma egli era il Bob di quel particolare momento, non rifletté che tutta la sua vita era ancorata a Gina e perdendo lei perdeva tutto, perfino il suo equilibrio fisico; agì come sentiva di potere, lui che aveva il mondo a disposizione, ormai, e "Sanfrediano per stoino".

Gina guardava il suo viso dentro lo specchio, il mento alzato per radersi sotto la gola; e questa volta le mancarono le parole, restava ferma a guardarlo, e quando lui si voltò e fece per andarle incontro, dicendole « Be', ti sei adirata, non sarebbe forse una soluzione? » ella si ritrasse, raggiunse la porta ed uscì. Bob la seguì sulle scale, le gridò: « Ho scherzato, allora, possibile tu non stia più allo scherzo? ».

Non ebbe risposta, rientrò e finì di radersi, si fece bello come doveva, e allorché uscì ed in strada incontrò il fratello di Gina, il minore, che le rassomigliava, e si chiamava Cesare come il padre che non aveva conosciuto, gli disse: « Di' a Gina che è una stupida. Anche se non c'era mia madre, poteva tornare a prendere il sale, io scherzavo ».

Ma il ragazzo non tenne conto della commissione, gli disse invece: « È vero che hai gonfiato il viso a Gianfranco, ieri sera? Mi dispiace, sai, ma sei un cannone ».

Era il primo dei nuovi e veri allori che Bob racco-
glieva.

« Come, s'è già sparsa la voce? »

« È un avvenimento o no? » disse Cesarino. « Gianfranco, finora, non le aveva mai prese da nessuno. »

Bob era luminoso come il sole sui vetri della fiaschet-
teria lì vicino, disse: « E tu, lo prenderesti un cartoccio
di bruciate? ».

Subito dopo, proseguì, e fu il cammino di un uomo
portato dal sole, a cui basta solo scoprire le carte per
incassare. Loretta gli venne incontro appena egli ebbe
voltato l'angolo di via del Leone. Era un'adolescente
di sedici anni, bella, sanfredianina, "un fiore sbocciato
nella notte e intriso della sua prima rugiada", così gli
apparve, e glielo disse, fermandola lì, sciagurato, nel
mezzo della strada, sotto gli occhi della gente, quasi di
fronte alla casa di Mafalda.

« Se non ti colgo ora, quando ti colgo? »

Ella era una vampa, guardava di qua e di là, accecata
dall'emozione, e scostandosi i capelli con una mano dietro l'orecchio, per darsi un contegno.

« Ma Bob, cosa significa, ma lei è impazzito... Ci vedono tutti, c'è il mio babbo alla finestra. »

« Il babbo sta bene dove si trova, noi quand'è che
ci vediamo? »

« Noi, come noi?... Va bene, Bob, va bene, io oggi
vado a ballare. »

Cantava un cigno, in quell'istante, ma lui, Bob, come
lo poteva sentire? Raccolse questo, quello e molti altri
allori nel corso della mattinata, con uno dei quali poté
riguadagnarsi, ma molto parzialmente, la simpatia dei
giovanotti del Circolo ch'egli non dubitava d'avere mai
perduta, tutt'altro. Fu quando, dopo avere cercato inu-

tilmente d'incontrarsi con Silvana, si recò al caffè di Piazza de' Nerli per l'aperitivo, e lì, sulla soglia del caffè, e quasi sotto la finestra di Tosca, la quale era certamente a letto a covare l'influenza, e forse lo poteva udire, in presenza di una platea pettegola ed interessata, egli rispose ad un ex fascista, notoriamente tale, che lo aveva interrogato:

« Io non ho vinto né perso, ce le siamo date da gente come noi, partigiani ed uomini d'onore. Dopodiché Gianfranco non cambia aspetto. È sempre molto ma molto più su di tutti quanti siamo, di te in ispecie, e anche di me. Io al suo confronto, cosa sono? Un resistente di Fibocchi. »

Era la longanimità del vincitore, sicuro di sé e del proprio avvenire, e ci fu chi la intese nel suo giusto senso, e chi, più onesto o meno furbo e incanaglito, dette alle sue parole il significato che ha l'oro colato. E il Barcucci, tra questi ultimi, malgrado la sua saggezza e i suoi capelli bianchi, e siccome egli desiderava che le cose venissero del tutto appianate per il loro verso, all'ora del pranzo attese Bob di fronte al proprio noleggio, e gli disse:

« So che stamani, al caffè, hai detto delle cose sensate, bravo. Ma perché dal Circolo non sei passato? Credi forse di averci dei nemici? Anzi, ora, dopo il tuo comportamento di ieri sera e di stamani, anche chi ti stimava buono soltanto ad incantar sottane, sta rivedendo le sue posizioni. »

« Mi fa piacere si siano accorti tutti che galoppi, quand'è il caso, sono capace di staccare... Ma in realtà io sono il solito, di ieri sera e di sempre, e so benissimo che Gianfranco, se ci si dovesse riprovare, potrebbe anche mandarmi all'ospedale... Dico per dire, come ci potrei mandare io lui... E al Circolo, stamani, non sono venuto perché,» rise, col suo sorriso di Bob, a bocca chiusa, «proprio perché stavo dietro ad incantare una sottana. E sa, Barcucci, le ho fatto: "vieni", e lei non riparava a dir di sì... Una nuova, Barcucci, la più bella che ci sia in Sanfrediano, e la più giovane delle bellezze, la più splendida... Gliela dò ad indovinare.»

Barcucci gli misurò la stampella, e gli disse: «Va via, buonalana, per te la più splendida è sempre l'ultima che punti. Ma che non debba trovare anche te, quella capace di toglierti il pizzicore!».

«Ha da nascere,» disse Bob.

E il Barcucci, lui pure, così tanto per dire, come lo portava la forza del discorso, replicò: «Chissà invece non sia bella, nata e cresciuta, e con la gruccia alzata come sto io. E che non te la dia in testa sul serio». Gli chiese il solito cerino, e accendendo concluse: «Perché, delle due una: o tutto quello che s'è sempre detto di te e che tu hai lasciato sempre dire e confermato, è tutta fama usurpata, oppure le ragazze di Sanfrediano stento a riconoscerle, non sono più quelle di una volta, si sono bevute il cervello».

«Non l'hanno bevuto,» Bob disse, «modestamente sono io che me lo sono fatto versare, per gradire... Stasera verrò al Circolo, oggi vado a ballare, la domenica non è ancora incominciata. E domani è un altro giorno, Barcucci...»

«Finché la ti dura,» ripeté Barcucci, «buon appetito.»

«Da lupo, da cavallo, da leone,» Bob disse.

Ma non era l'appetito, bensì la febbre che aveva, da cavallo infatti, e sua madre se ne accorse, lo consigliò di coricarsi, e siccome ella insisteva, Bob fu sul punto di offenderla prima di recarsi a ballare.

Uscendo, sul pianerottolo del primo piano, incontrò

Gina, la quale finse di avere aperto la porta in quel momento. Aveva il volto disfatto, uno sguardo duro che Bob non le conosceva, non abbastanza tuttavia perché egli se ne potesse, proprio allora, impensierire; gli sembrò, anzi, una ragazza umiliata in cerca di perdono. Col mondo in pugno come aveva, Loretta al ballo, e appena buio Tosca sicuramente puntuale malgrado l'influenza, Gina era più di sempre, il suo boccino di riserva, e il più fedele.

« Allora, » egli le disse, « hai cotto senza sale? »

Ella scendeva un gradino sotto di lui, senza voltarsi: « Sei sempre dell'opinione di stamani? » gli chiese.

Egli le si appoggiò con le mani sulle spalle, gravandole addosso, e le disse: « Stupida, era nel tuo interesse. A me, averti in esclusiva non mi può far che piacere ».

Gina si liberò scendendo in fretta gli ultimi scalini, sulla soglia di strada gli cedé il passo, e gli disse: « Non avrei creduto tu fossi così infame. Davvero, il bene di mille anni se ne va con una bestemmia! E tu l'hai detta in tempo, se Dio vuole, per cascarmi dal cuore prima che facessi l'ultima sciocchezza rifiutando di sposare chi veramente mi ama, anche se non è stato il mio primo ». Poi disse: « Dio, che soddisfazione! ».

Egli la guardò, ironico, Bob, ed entrambi sorridevano, poiché erano in istrada e tutti li potevano vedere.

« Mi minacci? » egli disse.

« Più o meno... Soddisfazione magra, d'accordo, ma... Oh non pensare una tragedia, una tragedia non te la meriti... Ma un bel *panierino*, sì, e qualcuno te lo sta preparando, e io gli darò una mano. »

« Ha da nascere, » egli ripeté, « uomo o donna, uno che può mettere Bob nel *bertarello*... E tu curati, bellezza, curati, sei sciupatina, ciao. »

E se ne andò, ignaro, incontro al suo destino. Una

presa d'aspirina, come sua madre gli aveva consigliato, una bella sudata, e gli si sarebbero schiarite le idee. Ma era Bob, volle fare il Bob, e ci rimise la reputazione, e per sempre, e in che modo. Fu sufficiente un giro di sole perché Bob, da Austerlitz piombasse diritto a Waterloo. Erano ancora quelle di una volta, le ragazze di Sanfrediano.

La congiura delle belle

Bob non era il solo ad avere la febbre e l'insonnia, in quei giorni e quelle notti. A sua insaputa, per un motivo e in un modo diversi, ma che comunque lo riguardavano molto da vicino, erano deste e febbricitanti tutte le ragazze che sul momento egli pensava sue. Tosca, Gina, Silvana, Bice, Loretta, e la stessa Mafalda, ciascuna con i propri e opposti pensieri, ma tutte riunite da un proposito comune ed animoso: che il tempo passasse e arrivasse presto la sera della domenica. Doveva decidersi, il bel Bob: chi era, tra di loro, quella che preferiva? E dopo fatta la scelta, stop, basta con le sue imprese di giovanotto dalle belle ciglia. Ne andava ormai di mezzo la dignità e l'onore delle ragazze di Sanfrediano.

Era stata Tosca ad intessere le fila della congiura, casualmente dapprima, e poi con una determinazione sempre più precisa e una spietatezza tutta sanfredianina. Aiutata dalle circostanze, ella era potuta venire rapidamente a capo di tutte, o quasi tutte, le tresche che Bob manteneva: aveva affrontato ad una ad una le ragazze, le aveva persuase, sollecitandole nel loro orgoglio e amor proprio. Tosca era certa che nessuna di esse avrebbe tradito, avvisando Bob di ciò che l'attendeva, e non tanto perché tutte avevano prestato giuramento, quanto perché le cose si erano messe in modo che ciascuna di esse sembrava avere riconosciuto come suo particolare interesse porre Bob di fronte alle proprie responsabilità ed esigere da lui un chiarimento, per così dire, pubblico, alla presenza di tutte loro, sui suoi sentimenti e il suo criterio di elezione.

Ma via via che i fatti erano venuti a precisarsi, attraverso le reciproche e certamente parziali confidenze che le ragazze si erano scambiate, e l'ora della prova si avvicinava, nel cuore di ognuna, l'immagine di Bob decadeva precipitosamente; e con più o meno risentimento, offesa o dolore, con più o meno disinganno o nostalgia, già un po' tutte, "scoperti gli altarini", gli davano l'addio, e si disponevano, qualora fossero state "l'eletta", a ricacciargliela in gola, la sua scelta. « Le ragazze di Sanfrediano non prendono i rifiuti di nessuno », aveva già detto Silvana. Bob ne poteva avere avute mille, di ragazze, e l'ultima si sarebbe sempre sentita, di volta in volta, la sola, e trionfatrice; era, anzi, questo, un orgoglio che accresceva il fascino di Bob e il loro amore. Lo scoprirsi invece « tutte insieme, a picce, nel suo cuore, ossia come marronsecchi nelle sue tasche », come aveva detto Tosca, e « concubine », come aggiunse Mafalda, le offese e le disamorò. Per cui, così come il cuore di Tosca, proprio ora che più avrebbe dovuto trepidare, aveva cessato di dolerle; in tutte, accettando di intervenire alla "rappresentazione", e dopo le prime perplessità e i dinieghi, entusiasmandosi nel disporne la perfetta riuscita, v'era questo senso d'amarezza, di distacco e di fervorosa iconoclastia nei confronti di Bob. E più di ogni altra Mafalda, lei che non dubitava di essere scartata da Bob in partenza, e la sua delusione l'aveva già scontata, animata com'era dagli istinti, si preparava ad accendere ed alimentare una clamorosa buriana. Non era forse, in realtà, stata lei, Mafalda, a guidare sotterraneamente le azioni di Tosca, ed a suggerirgliele, e a rafforzarla, senza parere, nei suoi propositi?

Dapprima, come aveva detto a Gina, la sera del venerdì, Tosca attese Silvana all'uscita del laboratorio. Erano state bambine assieme, si conoscevano nel profondo, e tanto Tosca era briosa e tutta "cuore sulle labbra", altrettanto Silvana era assorta, con un temperamento portato a chiudere in sé le proprie gioie e le proprie avversità, e ad espandersi e partecipare alle altrui; due caratteri, comunque, entrambi, sinceri, superbi e generosi, e per il loro apparente contrasto, destinati ad intendersi, come infatti erano state amiche intime l'una dell'altra, fino a poco tempo prima.

Tosca l'avvicinò, e le disse: « Lo so, ti ho fatto una cattiva azione. È quasi un mese che mi sono fidanzata con Aldo ed ho cercato di evitarti ».

Silvana non guardava l'amica, ma l'orizzonte, ove il fiume curvava largo e in piena, attorno l'Isolotto. « Non credere non lo immaginassi, » ella disse. « Lo immaginavo... Mi chiedevi troppo spesso di lui. »

« Avevo l'animo un po' greve, e aspettavo questo momento, ora te l'ho detto e mi sento liberata... Del resto, non ti ho portato via nulla, è stato lui a venirmi incontro, da sé, dopo averti parlato francamente. »

Silvana si staccò dalla spalletta, rasente alla quale aveva camminato fino ad allora, fece l'atto di attraversare la strada e di andarsene; e Tosca già alzava la voce, gridava.

« Non sono abituata alle scenate, » disse Silvana. « E per di più, non voglio i rifiuti di nessuno. »

« E chi sarebbe il rifiuto in questo caso? Saresti tu... Dico, bambina, che intenzioni hai? »

« Bob che intenzioni ha! Non è vero che mi ha lasciata. Ci siamo visti anche ieri sera. »

« Quando? »

« A quest'ora. »

« Dove? »

« Dove, non ti interessa. »

« Eccome se mi interessa, » disse Tosca, e il cuore l'opprimeva. « Alle Cascine per caso? »

Silvana annuì, e si trovarono a guardarsi negli occhi, con la stessa angoscia, e rabbia e desolazione.

« Può essere tu dica il vero, » Tosca ammise. « Lui, ieri sera, mi aveva detto di dover tornare in ufficio, uno straordinario. »

Silvana sorrise, per non scoppiare in pianto, e per sostenere quella situazione che la sfibrava. « Consòlati, » disse, « non ci incontravamo da più di una settimana. E tutta di straordinari... »

Poco dopo, Tosca diceva: « Forse non si sa staccare da te, per non darti un dolore, o forse non è ancora sicuro a chi vuol bene di noi due... Ma deve decidersi, o me o te ».

« O forse, » continuò Silvana col suo tono sorridente e disperato, « vuol fare soltanto il Bob, con me e con te, come lo ha fatto con tutte. »

« Ma non può averci a piccia dentro il cuore, » Tosca disse. « Cosa siamo, confetti? Siamo marronsecchi, da tenere in tasca e sgranocchiare a turno? Si deve decidere, e c'è un modo solo, non può continuare a dire a te che vuol bene a te e a me che vuol bene a me, mentre noi, a quanto pare, vogliamo bene a uno solo... Deve dirlo in presenza di tutte e due, chi è quella che sente di amare. »

« Ah, no, » ripeté Silvana, perché si sentiva la meno amata e quella che più lo amava, e il giudizio di Bob la spaventava. « Non prendo i rifiuti di nessuno, io. E poi, non si è mai fatto, gli sembreremo ridicole e basta. »

« Se non si è mai fatto, si farà. E se lui mi vede ridicola, significa che non mi ama... Mi scordo di mettere il lumino alla Madonna, figurati se non riuscirò a scordarmi di lui... Se poi fa il Bob e davvero, altro che Aldo! una lezione non gliela leva nessuno. Certo, » commentò Tosca « mi costerebbe. »

Poi disse, ed aveva già formulato il suo progetto: « Aspettiamo a prenderci per i capelli, dormiamoci sopra, troviamoci domattina, ne riparliamo a mente calma, ti conviene? ».

Si salutarono, doloranti entrambe, e Silvana in specie, la cui natura orgogliosa e romantica, era uscita maggiormente ferita da quel colloquio. Ora che la realtà richiedeva di venire affrontata, Silvana, che forse più di ogni altra sarebbe stata capace di comprendere e di sacrificarsi, come lealmente si era espressa con Gianfranco, ora che più le sembrava di soffrire per Bob, sognatrice e delusa, ella per prima si congedava da lui. "Lo amerò sempre", si diceva, "ma non voglio i resti di nessuno, di una Tosca, poi, di una *boccalona*... Che donna sarei, altrimenti, farei ridere tutto Sanfrediano se si venisse a sapere, e Bob stesso, se lui lo ha fatto per mettermi alla prova." I sentimenti di Tosca, al contrario, erano i suoi propri, animosi e guerrieri, beceri quanto lei era becera, ed era bella, e innamorata ed offesa, più che mai decisa a esigere da Bob una dichiarazione che togliesse una volta per sempre "l'olio dai fiaschi".

La mattina del sabato, appena giorno, Tosca era già in piedi; non avrebbe atteso che tramontasse il sole, per incontrarsi con Bob all'ingresso delle Cascine; si mise ad aspettarlo in fondo a via del Leone, da dove egli sarebbe dovuto sbucare, prima di raggiungere il Borgo e risalire il ponte per recarsi in ufficio. C'erano, su una fila, i camion che ostruivano metà strada, vi si riparò per evitare il più possibile la gente, le conversazioni e i saluti, i pettegolezzi se l'avessero vista ferma e poi muoversi in compagnia di Bob: gli avrebbe, anzi, camminato avanti, dopo che lui l'avesse scorta. Bob tardava e Tosca fu sul punto di correre al capo del ponte, nel timore che egli avesse potuto percorrere un itinerario diverso, allorché lo vide avanzare in compagnia di Mafalda. Tosca si nascose dietro i camion, e quindi li seguì, a distanza, tra la gente. Dunque, non l'aveva piantata affatto, ella pensava, malgrado Mafalda si fosse messa a fare la bella vita, erano amici e lei era in vestaglia, lo accompagnava, forse Bob aveva passato la notte assieme a lei, Mafalda era la sua amante! Di lontano, li vide inoltrarsi in Borgo Stella e fermarsi fino a scomparire nel vano del cancello. Allora Tosca cambiò direzione, andava ad aspettare Bob al di là del ponte, era il successivo punto obbligato del suo itinerario, lì lo avrebbe affrontato, e come lo avrebbe affrontato, il bel baffino!

Dopo qualche minuto ch'ella aspettava, volse attorno lo sguardo e seduta sulla panchina, sotto il monumento a Goldoni, immersa nella lettura del suo giornale, c'era Bice, la quale ora alzava la testa, e le sorrideva. Tosca la conosceva appena, sapeva chi era e dove abitava poiché una sorella di Bice era stata un tempo seggiolaia prima di "evolversi" dattilografa, ma lei, Bice, non l'aveva mai trattata, era di una parte opposta di Sanfrediano, distante quanto sono distanti via del Campuccio da Piazza de' Nerli – e certo non era per timore dei suoi pettegolezzi che Tosca avrebbe rinunciato a fermare Bob, appena egli fosse apparso sul ponte. Dové comunque rispondere al suo saluto; e quindi Bice si alzò, le andò incontro, era una confidenza inattesa, le disse:

« Cosa fa? Le è successo qualche cosa, la vedo un po' agitata... »

« Perché, le sembro? » Tosca disse. « Sto qui ad aspettare mia madre, dobbiamo andare a ritirare certe sedie, » s'impappinava, Tosca s'impappinava! e si riprese cambiando discorso: « E lei, che mi racconta di bello? Chi aspetta? »

« Oh, qualcuno che non viene » disse Bice, calma, spontanea.

Era un modo di dire, un proverbio sanfredianino, e mentre Bice aggiungeva: « Sono in ferie e mi godo un poco d'aria, » già Tosca non l'ascoltava più, eccitata qual era, costruiva un proprio pensiero, col senso che acquistano le donne innamorate e gelose, acuito in lei dalle recenti esperienze. Fu un sospetto, e fu un modo improprio, ma che si rivelò positivo, di attingere la verità. Bice abitava, come Bob, in via del Campuccio, e aspettava qualcuno che non veniva... « Anche mia madre non viene, e io vado sola, » disse. « La saluto. » Finse di voltare per via della Vigna, ritornò indietro, circospetta, e si celò alle spalle del monumento, a pochi passi da Bice che era tornata alla sua panchina e alla sua lettura.

Tosca ebbe così la terza rivelazione. Quando vide che Bob prendeva Bice a braccetto e ridevano e infilavano il lungarno, Tosca si propose di scattare, di inseguirli e fargli lì, sui due piedi, una scenata, ma il suo corpo non le corrispose: rimase immobile, appoggiata alla base del monumento, affranta, e si trovò ad esclamare: « Le avrà detto che è il suo boccino, o il suo bocciòlo? ». Poi si ricordò di Silvana, e immediatamente rianimatasi, di corsa attraversò il ponte, e sempre correndo, lungo il Borgo, la raggiunse sotto la sua casa. Era sconvolta, per la corsa, le emozioni subite, e il dispetto che le accendevano lo sguardo, ansimava.

« Vieni, vieni, » disse a Silvana. « Ci sono novità. »

Silvana era pallida, sostenuta, con la notte trascorsa insonne e la sua decisione già presa, la interruppe, e intanto si avviava: « Non importa tu assuma degli atteggiamenti, ti lascio il campo libero... Dovrà essere lui a cercarmi ».

Tosca agitava le mani, era esaltata, di un'allegria chiaramente rabbiosa, in quel gesticolare ansimando, senza trovare parole, dopo le prime con le quali l'aveva investita; e Silvana se ne intimorì, la prese per il braccio, la trascinò poco lontano per sottrarsi alla curiosità della gente, nel viuzzo di Cestello. « Vuoi metterci in berlina? » le chiese, « vergognosa. »

Tosca scoppiò in una risata, isterica, che le sciolse la lingua e liberò in sguaiataggine il suo sgomento.

« Siamo già in berlina, simpaticona! Siamo belle statuine... » Accennò la giravolta del loro gioco di bambine:

Alle belle statuine
d'oro e d'argento,
e io ne vedo cento,
una, due e... tre!

« Questa è Tosca, » disse. « Questa è Silvanina, manidifata, questa è Mafalda, sì, la rossa, la figliola del cocchiere, e questa è Bice, quella che sta vicino a lui di casa, che lavora alla "Rinascente", e poi, e poi... »

Si calmò d'un tratto, e seria, torva e compresa: « Be', ora bisogna cavargli gli occhi, » disse.

E le raccontò, e quindi ripeté: « Finché ci pigliava una alla volta, si poteva sempre credere di essere l'ultima e quella buona, ma ora sappiamo che lo fa di mestiere, e forse tu, io e chissà quante ancora, non siamo che degli straordinari di Mafalda... E allora, siamo nate in Sanfrediano per nulla, se non gli togliamo il pelo ».

Slvana era allibita, quasi incredula ancora, e con le mani che le tremavano, come disse: « Saresti un'infame se fosse tutta un'invenzione, per staccarmi da Bob... Te l'ho già detto, io non lo voglio più, per forza poi non si fa nemmeno l'aceto, » sospirò, aggiunse: « Proprio stamani, che in laboratorio, Dio come sono in ritardo! devo cominciare un lavoro da perderci gli occhi, e avrei bisogno di tutta la mia calma, invece mi tremano le mani... Ho il parletico, guarda ».

« Fattelo passare, » Tosca disse. « Se mi ascolti, ti dovranno servire anche a ᴄe, le mani, per qualcos'altro, oltre che per ricamare. »

Traversarono piazza Piattellina e via del Leone; e c'erano i camion su una lunga fila, il via vai del mattino ormai inoltrato, anche più folla attorno al friggitore, e Mafalda che rientrava a casa dall'aver preso il suo cognac al Caffè-Latteria.

« Eccola, » disse Tosca, « la vedi, in vestaglia come ti dicevo... È il suo fisso, noi siamo gli straordinari! »

E lei era Tosca: allorché Mafalda le passava vicino, distratta dai propri pensieri, Tosca sputò in terra, per tutto saluto.

Mafalda, si voltò, le sorrise: « Ciao Toschina, » disse. « Hai mangiato salato? ».

Era un complimento, e poiché non aveva motivo di immaginarsi una provocazione, Tosca era sua amica, di qualche anno più giovane, due o tre, e malgrado questo erano passate assieme a comunione, con lei e con Silvana che l'accompagnava.

« È perché tu lo porti a Bob, a nome mio, » Tosca aggiunse, mentre Silvana la trascinava. « Abbiamo tutto da perdere con lei, » la implorava.

« Non credo, » Mafalda disse, si mise al loro fianco, e afferrata la situazione in un istante, aggiunse: « Ti ha fatto la bua anche a te, quel cattivone, povera Toschina! ». E le pose una mano sulla bocca. « Calma, » le disse. « Con gli scandali non si fa altro che il suo gioco. »

Di lì a poco, nella saletta interna del Caffè-Latteria, deserta a quell'ora e senza aver dovuto troppo faticare per condurvele e per farsi spiegare l'accaduto, Mafalda disse: « Sulla tomba di mia madre, se conta ancora qualcosa un giuramento, non sono la sua amante... Be', » ammise « ho fatto qualche scappatella, ormai lo sanno anche le pietre. Ma con Bob, mai, » e le si illuminarono gli occhi, « ora che il signorino mi aveva giurato amore eterno, anche dianzi, mentre tu Tosca ci spiavi... Ecco, ci piglia invece per il bavero tutte quante, fa il Bob sul serio. E Tosca ha ragione, Silvana, non si tratta di cavargli gli occhi, si tratta di fargli vedere che le ragazze di Sanfrediano non sono delle addormentate... Con Bice me la vedo io, siamo state compagne di scuola, da qualche tempo non ci frequentiamo, ma siamo sempre rimaste in buona... Appunto perché la conosco, è un'egoista, mira al sodo, e non capisco come anche lei ci sia cascata ».

« Con lui! » non poté trattenersi dall'esclamare Silvana, ed era già un rimpianto, un addio, sopraffatto dalla rabbia, dalla delusione che in lei pure montava.

Avevano dunque un senso, le parole di Tosca, la sera del sabato, quando diceva a Bob che gli avrebbe dato le prove del proprio amore, e altrettante ne avrebbe pretese da lui. Fingendosi la febbre per lasciarlo in fretta, e perché ora, stargli vicino era un disagio che non sopportava, Tosca salì sull'autobus e ne discese alla fermata di Borgognissanti: lì ad aspettarla, con Mafalda e Silvana, c'era anche Bice, la quale, aperta la discussione, prese per prima la parola, disse:

« È un tranello, non mi piace. Io sono stata con Bob,

oggi, fino alle tre, non mi sento di pugnalarlo così alle spalle. Cosa significa presentarci davanti a lui e dirgli: "scegli", d'altra parte? Intanto io, sinceramente, non ho nessun desiderio di essere scelta... Ma bisogna avere la pece sugli occhi per non capire che Bob è Bob e che, va bene, sceglie, cioè sceglie una di noi quattro, e poi? Quella che avrà scelto ricomincerà a tradirla più di prima. Lo libereremo di tre di noi, e per lui sarà tanto di guadagnato. »

« Parli come una gigolette, » scattò Tosca, apostrofandola subito col tu, malgrado non fossero amiche, « come se lui fosse il Gobbo, » aggiunse, « che a quanto dicono, le donne più gli metteva le corna, più si sentivano onorate... Lui non è il Gobbo, e noi siamo d'un'altra generazione! »

Erano distanti da Sanfrediano, ma non troppo, percorrevano lentamente, parlando, via Maggio, e risalito lo Sdrucciolo, sbucarono su Piazza Pitti, col Palazzo di fronte, alto nella penombra, e riverberato dalla luna in tutta la sua lunghezza. Bice considerò Tosca piegando appena la testa su di un lato.

« Ce ne vuole, bambina, per offendere me... Sono venuta perché Mafalda minacciava di farmi chissà che scenata sotto casa, ma sono venuta anche per curiosità, per vedervi in faccia, voialtre che dite di amarlo tanto. Se io davvero sentissi di giocare la mia vita su Bob, mi sembrerebbe di sprofondare a trovarmi in una discussione simile. »

Questa volta fu Silvana a reagire, ella che si sentì la più toccata, e in ciò che disse ve n'era il segno, v'era la confusione dei sentimenti che provava.

« Sì, benissimo, siamo... non so cosa siamo, ma lui ha dimostrato di considerarci già quello che siamo ora, quando ancora non lo eravamo... E bisogna fargliela pagare, bisogna... »

« Tu, qui, ci stai forse per spiare? » disse Tosca, e affrontò Bice viso a viso: il tono forzatamente pacato con cui si pronunciò, era di per sé una minaccia anche più decisa.

Mafalda intervenne, siccome la macchina era in moto e le premeva troppo che Bob vi restasse sotterrato, disse: « Ragazze mie, vi perdete nell'antefatto... E i casi sono due, come dice il Barcucci dei barroccini: o non avete sangue nelle vene, o Bob vi piace così com'è, ossia come ha dimostrato di essere, e come Bice ha detto di averlo sempre saputo che era, e noi no... Se vi piace così, e vi piace di essere le sue schiave, e di dividervelo con altre e tante schiave come voi, padrone, io non ci sto... Io per la pena, la rabbia, non sono riuscita a mandar giù un boccone da stamani ».

« E chi è che ha mangiato! » esclamò Tosca.

« Io, e con molto appetito, » Bice disse. « Appunto perché non mi ero fatta illusioni su Bob... Ma ora, » aggiunse, « altra cosa era immaginarsi, altra è sapere... Da questo momento, me, il signor Bob, mi vede col binocolo alla rovescia, e non mi occorre mettermi in mostra... Ho già scelto io, prima di lui, per quel che mi riguarda gli ho dato il benservito. »

Qui Tosca tornò a scattare, e quasi gridava: « Insomma, sei o non sei nata in via del Cappuccio? Possibile tu non sia d'accordo per ricacciargli in gola il sopruso che ci ha fatto? ».

« Ci ha trattato come concubine » disse Mafalda.

« Va bene, va bene, » continuò Tosca, « ma bada, Rinascente, se tu lo avverti del panierino che gli stiamo preparando, gli occhi li cavo a te, prima che a lui... E ti proibisco di dire che sei di Sanfrediano, dove lavori. »

E dopo un nuovo intervento di Mafalda, e Silvana che fece per andarsene, tanto la cosa adesso davvero le dava vampe al viso, "da non sapere dove nasconderlo, per la vergogna", Bice aggiunse:

« Naturalmente, se si tratta di assistere ad una rappresentazione, non voglio perdere di certo lo spettacolo, scrivetemi la parte... Piuttosto, noi, perfetto, gli prepariamo la congiura, tuttavia, se tanto mi dà tanto, e Bob è quello che è, siamo sicure di essere noi soltanto le sue concubine? »

« Perché? » Tosca chiese. « Non bastiamo noi a sbertucciarlo, anche a nome di quelle che non conosciamo? »

Mafalda la strinse teneramente alle spalle.

Ora, sempre così parlando, avevano risalito il piazzale di ghiaia prospiciente il Palazzo, erano nella penombra lunare, e di sotto, con la luce delle lampade ad arco che li colpiva alle spalle, si avvicinavano tre giovanotti, le raggiunsero, le assediarono, furono disinvolti, insistenti, brillanti, irriducibili, e le ragazze dovettero essere scortesi, becere, sanfredianine, e fuggire quasi, per liberarsene, fin dentro il Rione, fino a Piazza del Carmine, ove sostarono di nuovo, a ridosso del lungo muro che conosciamo; e poiché Mafalda aveva posto la domanda suggerendone abilmente la soluzione, Tosca disse:

« Mica lo possiamo aspettare ferme impalate in mezzo alla strada, né tanto meno in Sanfrediano, né fuori il suo ufficio. Lo guiderò io, domani sera, senza che lui se ne accorga, al prato grande delle Cascine, è sempre lì che finiamo per andare. Sapete quale prato dico? »

E come non lo sapevano! Tutte le sue donne, Bob, le portava lì, allorché era sera, e questa coincidenza, ma che non era tale, bensì una testimonianza della sua mancanza di fantasia, e del suo modo di considerarle un poco tutte uguali, indispettì anche Bice, e le sollevò il primo sentimento d'indignazione. Certo fu così, se ella pensò: "Oggi mi ha portato sui Viali, ma perché era giorno, e le Cascine, con la luce del giorno, sono troppo vicine a Sanfrediano". Questo pensò, ciò che invece disse, fu questo, disse: « Come se non esistesse altri che lui, in fin dei conti ».

« Quei tre che ci hanno dato noia ora ora, per esempio, erano anche più eleganti e istruiti di Bob, a giudicarli ad occhio e croce, il biondino in specie..., » disse Mafalda, e si arrestò per non rivelarsi e non lasciare intendere quali fossero i suoi sentimenti e le sue vere intenzioni.

« Quelli erano di un'altra parte, » insisté Bice, « ma anche da noi, in Sanfrediano, Fernando mettiamo, ne esistono eccome di giovanotti a cui Bob non lega nemmeno le scarpe, e con una posizione e un avvenire che lui se li deve sognare. Se ne esistono! » ripeté.

Allora, come in un sussulto della coscienza, Silvana pensò che anche Gianfranco esisteva ed arrossì, sola, del suo pensiero.

Concluso il piano, le belle si lasciarono, per rivedersi l'indomani mattina domenica, e perfezionarlo, e convenire che nulla era mutato in attesa della sera e della grande prova. E come Bice aveva supposto, ne mancavano almeno due delle belle, alla congiura, la neofita e la veterana, ma ci avrebbe pensato Bob, col suo modo sconsiderato di favorire le circostanze, in quelle ore, per aggiungerle alla schiera.

Intanto, l'indomani mattina, c'era questo di cambiato: Bob era all'ordine del giorno in Sanfrediano, cazzottatore e resistente, oltre che rubacuori, come nessuno avrebbe mai pensato; e tra le ragazze corsero i primi segni di timore, di resipiscenza, e i primi propositi di diserzione. Ma bastò che giungesse Mafalda, con la notizia inedita, dell'ultim'ora, perché di sotto le ceneri, rinnovatasi l'ingiuria, il fuoco tornasse a divampare. Si erano date convegno nel giardino di Boboli, su un viale appartato dietro la Meridiana, belle, eleganti, fiere, nei loro abiti della domenica, rimodernati o fatti nuovi, coi tailleurs e giubbotti di lana dell'autunno, come suggeriva la moda e la stagione, anche se la temperatura non li esigeva ancora. E Mafalda giunse assieme a Loretta, la trascinava per mano come una sorella maggiore la sorellina riluttante e imbronciata.

« Ero alla finestra e ho visto il signorino avviare la sua ultima prodezza... Ora, via, parla tu. »

Loretta cambiò in alterigia il suo atteggiamento di scolara colta in fallo, poi disse:

« Mordete tutte la paglia perché Bob mi ha fatto la dichiarazione, questo so. Perché per lui sono un fiore, e mi preferisce a quante siete. Volete che Bob scelga? Io ci sto, ma poi mi permetterete di mangiarvi a tutte la pappa in capo! »

« A buon conto, » Tosca disse, « tu Bob lo incontri stasera come noi. Tu oggi al ballo non ci vai. »

« Questo resta da vedere, » disse Loretta.

« Lo vedo io da sola, » Mafalda disse. « Ti sequestro! »

Poi, nel corso della discussione, Tosca espresse lo scrupolo che la tormentava, disse: « Se la cosa si verrà a sapere, lui non deve raccontare i fatti a modo suo, ora che sembra crescere d'ora in ora nella considerazione della gente. Sanfrediano crederà a quello che lui vorrà fargli credere, è capace di farci avere il male, il malanno e l'uscio addosso, il signorino... Ci occorre un testimone, ed io ho pensato a Gina. Lei stessa si era offerta, giorni or sono, quando la faccenda riguardava soltanto me e Silvana, a maggior ragione ora non si tirerà indietro, immagino. Gina abita nella stessa casa di Aldo, macché Aldo, Bob, è una sua amica e all'occorrenza gli potrà fare da avvocato difensore. Glie ne parlerò appena torniamo ».

Mafalda contrastò quest'idea di "lavare i propri panni alla presenza di estranei", ma Tosca insistendo, la sua proposta incontrò il favore generale e venne approvata; la discussione riprese allora più fitta, e l'agguato finì per definirsi in ogni suo particolare, le ragazze si divisero le parti e ciascuna seppe il contegno che avrebbe dovuto tenere, durante il gran momento che si avvicinava. Adesso era tutta di Mafalda l'iniziativa: « Sta a te, Toschina, bisogna che tu sia come le altre volte, che Bob non abbia il minimo senso che tu gli nasconda qualcosa. Deve arrivare sul prato innocente come una colomba, poi tutte insieme lo spennacchieremo. Noi saremo nascoste dietro la pagoda, e per unire l'utile al dilettevole ci andremo per tempo e ci faremo accompagnare da mio padre. Avverti Gina di trovarsi per le otto, a quell'ora mio padre è libero, e non mi rifiuta un piacere se glielo chiedo. Sarà una bella scarrozzata, figliole, prima della festa! ».

E con Gina che chiusa nel suo segreto accettò il rischio che il suo intervento comportava, con Loretta cucita per l'intero pomeriggio alla sottana di Mafalda, si completò la schiera delle Erinni. Poiché, Furie o Baccanti, al momento opportuno, un po' tutte lo sarebbero diventate.

Il linciaggio e la fine

Si era avuto un'estate inconsueta, temporalesca; ora il primo autunno compensava della bella stagione così perduta. Sulla sera, scendeva dalle colline ad increspare l'Arno, una brezza leggera, primaverile, gli alberi del Parco frusciavano appena. Sorta la luna, le Cascine si offrivano silenziose, coi loro recessi, i prati, le alberete, alle coppie degli innamorati; qualche avventuroso ciclista pedalava cantando lungo lo steccato dell'Ippodromo, destava lontani nitriti, e rare auto percorrevano veloci l'anello dei viali. Più oltre, verso il delta dell'Indiano, la vegetazione era anche più fitta, e più profondo il silenzio, la solitudine più segreta. Al di là del galoppatoio, tra il viale e il fiume, nascosto su entrambi i lati dagli alti platani ancora carichi di foglie gialle, lunari, si stendeva, immenso e inatteso, il Prato Grande. Una lunga siepe, percorsa nel suo interno dal filo spinato, e costeggiante il fossato, lo recingeva dal basso, e si raccordava al cancello che vi immetteva. Nel mezzo, un albero secolare, attorniato da un'aiuola, isolato e solo, una gran quercia, sosteneva la sua magnificenza, e sul versante del fiume, sulla destra, v'era l'antica casina granducale a forma di pagoda, uno chalet di caccia ove adesso i giardinieri custodivano i loro attrezzi. Era il solo prato tenuto chiuso di notte; nondimeno, su un margine, nella curva, la siepe sovrastava il fossato e l'accesso era facile, a conoscerlo, bastava appena sostenere con una mano il reticolato al di sopra della testa.

Bob lo conosceva, era il suo passaggio segreto, e il grande prato la sua riserva di rubacuori, là aveva posseduto Gina una sera d'Ascensione, e là compiuto calcolate prodezze con cui si dilettava e legava a sé le ragazze di Sanfrediano. Là, quella sera, ormai svezzato dal timore, onnipotente e gradasso, egli meditava di inoltrarsi con Tosca oltre la soglia ch'egli finora si era volontariamente precluso. L'accoglienza reverente, sorniona, di cui era stato oggetto al suo arrivo nella sala da ballo, e le occhiate, le malcelate profferte che più di sempre aveva raccolto nel corso delle danze dalle sue ballerine, unicamente desiderose, queste, pareva, di deporre un bacio sul suo labbro gloriosamente enfiato, avevano finito di condurre la sua euforia ai limiti dell'insensatezza. Ormai per primo egli credeva nella pelle di leone che le circostanze avevano deposto sul suo dorso di coniglio domestico e profumato; e le trafitture alla tempia, alla mascella, al costato che l'eccitazione e la lieta fatica del ballo, il chiuso dell'ambiente e poi le sue luci, gli avevano riacutizzato, la testa che era tornata a dolergli come se un calabrone fosse venuto ad abitarla, inibendogli di pensare, esasperavano follemente la sua tracotanza. Lasciando la sala da ballo per dirigersi all'appuntamento con Tosca, Bob completava la propria decisione, si sorrideva aggiustandosi la cravatta e i capelli nello specchio del buffet, e si diceva: "Voglio riempire Sanfrediano della mia razza. Altro che Gobbo! Non dev'esserci strada del rione senza un bambino che mi assomigli". E nulla poteva suggerirgli un sospetto: né il fatto di non essere riuscito ad incontrarsi con Silvana, verso la quale sentiva di dovere essere particolarmente affettuoso: per lei si era battuto, né che Bice fosse mancata al convegno fissato per il mattino: egli vi era giunto con molto ritardo, e questa volta, cara e imbronciata, Bice non l'aveva atteso; nemmeno l'assenza di Loretta dalla sala da ballo: evidentemente la sua dichiarazione l'aveva a tal punto sconvolta ch'ella non aveva trovato la forza di raggiungervelo, l'indomani egli l'avrebbe raccolta come una micina tremante di pudicizia e d'amore; né la oscura, ma inesistente minaccia di Gina a cui il suo contegno doveva aver ferito il cuore, nemmeno: era, per Gina, una sofferenza che le sarebbe servita ad intendere quanto prezioso fosse l'affetto di Bob, e il sacrificio, la devozione che gli erano dovuti.

Ora Tosca l'aspettava, e la sua figurina, racchiusa nel giubbetto rosso di lana che le modellava il seno, l'oro dei suoi capelli, si profilavano e splendevano sotto il lampione acceso, all'inizio del Viale. Egli la colse alle spalle, di sorpresa, ella gettò un grido, si voltò di scatto e venne a trovarsi tra le sue braccia, subito Bob la baciò sulla bocca. Ella tentava di sottrarsi alla sua effusione, era pallida, fredda, tutta un fremito, e Bob lottava dolcemente per sopraffare la sua ritrosia. « Sei più bella se ti difendi, » le sussurrava, « mia, mia. »

« Non qui, Aldo » ella disse, ed era riuscita a staccarsi da lui, la sua voce tradiva l'emozione, ed egli già la vedeva cedergli, trepida, pudica, sull'erba ancora soffice del Prato Grande, a ridosso della pagoda. E Tosca, nella sua innocenza, egli pensò, parve favorire le sue intenzioni, siccome ripeté:

« Non qui, esposti agli occhi di tutti come siamo. Non vogliamo andare sul nostro prato, stasera? Io non ho più la febbre, sono guarita. »

Egli la prese a braccetto, le carezzava la mano, s'inoltravano nell'ombra del galoppatoio, su cui spioveva, trattenendo la luce lunare, l'intrico del fogliame.

« Non avrei resistito un altro giorno senza vederti, » egli disse. « Ti ho fatto guarire io, col mio desiderio. »

Tosca taceva, e istintivamente accelerava il passo, egli sentiva il suo braccio che gli resisteva, e quell'irrequietezza gli era gradita, gli prometteva una lotta ch'egli si apprestava a combattere gioiosamente, persuaso di uscirne vincitore. Erano le nove della sera, il silenzio tutt'attorno, animato dal lieve fruscìo del fogliame, e lontanissima la voce della città che si spengeva sul brontolìo del fiume, un'eco appena, alle loro spalle, accresceva la suggestione. Bob disse, e furono le sue ultime parole di seduttore, meschine e alate come la sua gloria che tramontava:

« Ti amo come la luna ama le foglie. »

Ora, davanti a loro, c'era il breve spiazzo al di là del quale stava il Prato Grande recinto dall'albereta. Tosca si arrestò, concitata e decisa, gli disse: « Sei ancora in tempo, Aldo ». Ella giocava, in quell'istante, e per intero, il proprio orgoglio, il suo primo amore troppo presto e poveramente deluso, ed era disposta a tradire le amiche, per riguadagnarsi un'illusione, solo che nella risposta di Bob ella avesse avvertito, non sapeva nemmeno lei cosa, certo una sincerità che le avesse reso possibile sperare. « Dimmi, » continuò, e non si rendeva conto di quanto oscure e puerili risuonassero a Bob le sue esortazioni, « ma sii sincero, una volta per sempre, nella tua vita. Dimmi, » ripeté, « io conto qualcosa più delle altre, senti di volermi bene in una maniera differente dalle altre, che può essere o diventare quella vera, vera anche per te? »

« Non fare la sciocca, » egli disse. « Lo sai che le altre è come se non fossero mai esistite. Ho te sola ormai, e per sempre, e... »

Ma non finì, Tosca già lo precedeva, in silenzio, discese il fosso, sollevò il reticolato con le proprie mani, e allorché furono sul prato, ella staccò la corsa:

« Vieni, Bob, vieni! » gridò. V'era un riso isterico nella sua voce, allegro e lugubre insieme, la sua chioma era luce di luna, che correva e si agitava nella distesa del prato, diretta alla pagoda. E nemmeno allora Bob poté sospettare: era un invito, uno scatto puerile, delizioso, a preludio della gioia che egli avrebbe saputo strapparle. Meditò, anzi, di raggiungerla, correndo e gettarla a terra di spalle, stordirla di baci e chiuderla così, eccitata e sconvolta, nell'amplesso.

« Vieni, Bob, vieni, » ella gridava e la sua voce si perdeva nel giro del prato, senza risonanza, come se la gran quercia la trattenesse, o la luna. Prima ch'egli la potesse arrivare, Tosca aveva raggiunto la pagoda e si sedeva sul gradino. Contemporaneamente, mentre lo slancio della corsa, e la sua stessa eccitazione, spingevano Bob in avanti di alcuni passi ancora, da dietro il basso edificio, sbucarono alla luce, sotto la luna, le ragazze, e la voce di Loretta, come finalmente liberatasi da un bavaglio, ed era la mano di Mafalda premuta sulla sua bocca che la soffocava, gridò:

« Mi hanno portata a forza, Bob, io non sono d'accordo con loro, » e si tacque, scoppiò in pianto, si nascose il viso nel braccio, appoggiandosi al muro della pagoda.

Bob era rimasto fermo, pochi metri distante, la sorpresa l'aveva paralizzato, con le braccia lungo il corpo, muoveva lo sguardo sulle ragazze che gli si erano disposte davanti, di qua e di là da Tosca seduta sul gradino, ed ora anche Gina si sedeva, e Silvana si fidava con le spalle contro la soglia come per ritrarsi e Bice accoglieva

Loretta scossa dai singhiozzi, tra le proprie braccia. E non è esatto dire che Bob pensasse di sognare: le vedeva qual erano e si sentiva la testa ora più che mai vuota, e il calabrone che gli ronzava dentro e sbatteva contro le tempie.

Non poté credere di sognare, Mafalda gli si avvicinò, era spavalda, le mani dentro le tasche del soprabito stretto alla vita, i capelli pettinati alti, sembravano sottolineare la sfrontatezza del suo atteggiamento, la provocazione ch'era nella sua risata. Ella lo considerò, così ridendo, poi gli disse:

« Non te l'aspettavi, vero, bellezza, una sorpresa tanto mondiale? Ecco, siamo qui, siamo una rappresentanza delle tue conquiste, siamo venute a chiederti qual è la considerazione in cui ci tieni, e chi di noi è in cima e chi è in fondo. Quella in cima sembra te la dovrai sposare, delle altre dovrai farne a meno. A meno per tutta la vita, sempre che tu non abbia perso la parola, poiché di un muto credo che neanche l'eletta saprebbe cosa farsene. »

Egli sembrò non avere udito, guardava sempre alle spalle di Mafalda, le altre che si mantenevano immobili, sedute o in piedi, appoggiate al muro della pagoda, e ora Loretta, che andava placando il proprio pianto, e alzava la testa dal petto di Bice, ripetendo: « Io volevo avvertirti Bob, ma è stato come un rapimento ».

Infine Bob trovò le sue prime parole di poveruomo, e furono queste, storiche, dell'eroe sconfitto: « E tu Gina, anche tu, cosa ci fai? Sei stata tu a combinare la riunione! ».

« Lei... » disse Mafalda, ma si alzò Tosca, viso a viso con Bob anch'essa, e disse:

« Gina non c'entra, sono io bello mio che ti ho scoperto gli altarini. Gina l'abbiamo invitata come testimone, ma è inutile tu divaghi, Bob, devi dare a tutte una spiegazione, che ci persuada. »

Era ormai una Tosca diversa che parlava, senza più illusioni, ma soltanto offesa, ed anche un po' intimorita, del resto, come tutte loro. Ora la realtà le opprimeva; il gioco gli si era rivelato, d'un tratto, spropositato, insostenibile, e un'ombra di timore, come se un pericolo, inconcepibile e tuttavia imminente, le minacciasse, le loro velleità si assopivano nell'attesa. V'era, in ciascuna di esse, il pentimento del gesto compiuto, l'irrequietezza e il desiderio di risolverlo il più rapidamente possibile. Ma non era Bob a dargli questo senso d'impaccio, di afflizione quasi: già la sua mancata reazione aveva finito per distaccarle da lui, esse lo vedevano ormai come un manichino contro la luna. Decaduto dai loro cuori, Bob rappresentava adesso, esclusa Mafalda, per tutte loro, un rimprovero cocente, tangibile, del quale le ragazze non sapevano come disfarsi e farlo scomparire. E Gina più di tutte soffriva quest'angoscia: ella era andata incontro a Bob, quel pomeriggio, ricevute le confidenze di Tosca, per metterlo sull'avviso e schierarsi al suo fianco, come sempre, e per sempre se lui avesse voluto, ed egli nuovamente l'aveva insultata e respinta, ripetendole il suggerimento infame del mattino; ed ora che Gina si trovava lì, già pentita di esserci, ma comunque come sua amica, e con un'ultima speranza, che Bob potesse riabilitarsi ai suoi occhi in qualche modo, ecco invece Bob subito trascendere al ricatto, disporsi a rivelare alle ragazze ch'essa era la sua amante, e deciso forse a distruggerle la sola possibilità d'avvenire che le restava: di sposarsi e cominciare, finalmente, a vivere la propria vita.

Ma Bob, suvvia, che vile era? Un poveruomo fulminato in mezzo ad un prato, con la luna che gli batteva a perpendicolo sulla testa, e sei nemici di fronte, egli si afferrava smarrito, all'unico di essi che sapeva di tenere in mano: minacciando Gina intendeva richiederle la solidarietà che gli era necessaria. Intanto andava recuperando le sue energie, e gradatamente, l'indecisione medesima delle ragazze, il loro impaccio, gli facevano riacquistare fiducia.

Gina era rimasta seduta, il mento tra le mani, disse: « Te l'ha spiegato Tosca, mi hanno voluto come testimone, sono qui... ».

« Ma da quale parte? » Bob le chiese. « Con me o con loro? » insisté, e per accentuare una disinvoltura che ancora non possedeva, accese una sigaretta.

« Immagino più dalla loro, per forza, » disse Gina, « sono donna... »

« E se io avessi i mezzi per farla ribaltare, la tua situazione? Se... »

Ma lo interruppe Mafalda con la sua risata. Ella non si sentiva né impacciata né pentita, ma solo desiderosa di accendere una disputa, sotto cui sotterrare Bob e prendersi la sua rivincita, ed ora le ragazze, col loro atteggiamento improvvisamente remissivo, col loro tono di placido commiato, minacciavano di farle mancare quanto essa si attendeva.

« Non pigliare scorciatoie, Bob, » ella disse. « Qui, i bussolotti non ti servono più, né i bacini né le moine, le sole cose del resto di cui, secondo me, tu sei capace, c'intendiamo! Lascia perdere Gina, se anche lei è passata sotto la tua forca, e ci fa piacere perché così la sappiamo tutta con noi, ora sta per sposarsi, e qualora tu intendessi ricattarla... Che gli facciamo, figliole, se ci si azzarda? »

Fu la piccola Loretta, con gli occhi asciutti e la curiosità subito desta, a rispondere, nel generale silenzio, e

Tosca era tornata a sedersi accanto a Gina e le teneva le mani tra le sue, e Bice e Silvana le stavano ai lati.

« Bob non l'immagina neanche, una cosa simile, Bob è generoso, » Loretta disse.

« È soltanto ridicolo, » disse Bice. Era la prima volta che parlava, e le sue parole recavano il peso di una meditazione. « Che delusione, Bob bello! » aggiunse. « Mi aspettavo che tu ci pigliassi a schiaffi tutte quante, e io ti sarei restata amica, ma ora, ora fai soltanto tristezza! »

Silvana mormorò qualcosa che Bob non riuscì a capire.

« Tu, Silvana, cosa dici? » le chiese, e si diresse verso di lei, invece che verso Bice alla quale doveva la risposta, forse perché Silvana la sentiva più debole e smarrita.

« Cosa hai detto? » ripeté. « Sono sempre in tempo, a darveli, gli schiaffi, non ti pare? »

Insisteva, era un modo di riacquistare la padronanza ed isolare un avversario. E siccome Silvana aveva abbassato il capo, e taceva, egli immaginò di averla anche lei, come pensava di aver Gina, dalla propria parte, e lo disse.

« Ho cazzottato Gianfranco, proprio per te, ieri sera, metteva conto di sporcarsi le mani... Da questo momento tu pure, zitta e buona, a cuccia. March! »

Ora, ricordando a se stesso le proprie gesta di pugilatore, la dignità ch'esse comportavano tornò a sostenerlo, si sentì di nuovo forte, Bob, un domatore con la frusta nella mano, e le ragazze ai suoi piedi. Ma per pochi istanti, ché Silvana scattò e disse:

« Non ti dare troppa importanza, è stata una combinazione. Gianfranco ti può mettere a sedere quando vuole, se vuole. E stai attento ad offendermi, io da stamani sono la sua fidanzata! Come vedi, mi puoi togliere anche me dalla scelta che stai per fare, insieme a qualcun'altra, credo. »

E con le parole che erano state sue, di Silvana, Loretta disse:

« Io poi, non prendo i rifiuti di nessuno. Del resto, Bob, ti dovevo ancora una risposta, è no, e buonasera! »

Ma già, dopo lo scatto di Silvana, tutte lo investirono in una volta, la sola Gina era rimasta seduta e assorta. Lo assediavano e Mafalda capeggiava l'insurrezione, tutte protestando che erano loro a non volerlo, lui baffino come si permetteva? E in quanto agli schiaffi, se non aveva una sorella, se li poteva tirare davanti allo specchio, sul proprio muso: questa era Tosca che parlava. Le ragazze di Sanfrediano marciavano all'offensiva, becere e belle come le loro madri, lapidavano il Gobbo dimostratosi immeritevole del loro amore, meschinamente fedifrago, inetto, che minacciava gli schiaffi e non li dava. Gli stavano attorno, in cerchio, con le mani alzate e i volti accesi. Mafalda lo urtò e gli fece volare via la sigaretta.

Egli era ancora Bob, e la sicurezza di sé, non lo aveva del tutto, nuovamente, abbandonato. Anzi, l'accenno di sommossa, le grida, eccitavano il suo furore, scoppiato improvviso alla rivelazione di Silvana. Si fece largo con la forza, uscì dal cerchio entro cui le ragazze l'avevano costretto, e fermo sui talloni, una mano sul fianco, indicò con l'altra la sigaretta, distinguibile sull'erba per la capocchia accesa, e rivoltosi a Mafalda, le intimò:

« Raccattala, subito! »

Per un secondo le ragazze rimasero interdette, e siccome Mafalda rispose: « Se non hai che quella, te la puoi scordare,» Loretta si chinò, raccolse la sigaretta e gliela restituì.

Era, comunque, un pezzo di terreno riconquistato, ed egli lo giudicò sufficiente per il contrattacco; fermo sui talloni, si dispose a sgominare il campo. Bob Bob Bob quale si sentiva, gettò lontano il mozzicone della sigaretta, si mise entrambe le mani sui fianchi e disse:

« Ed ora, ascoltatemi bene. Tu, Silvana, con Gianfranco ti fidanzerai se io ti darò il permesso, ma prima, tutte quante siete, dovete sapere che mi fate pena. Non scelgo nemmeno l'unghia della più piccina. E il *panierino* ve lo farò io in Sanfrediano, vi metterò sulla bocca della gente dalla prima all'ultima, chi mi potrà smentire? »

Egli parlava, la tempesta si addensava sul suo capo, più intensa della luna. Le ragazze erano ferme, immobili, ed egli credé di averle ammansite, e che le sue parole cadessero come anatemi sul loro capo. In realtà, l'istante che Bob riteneva preludesse alla capitolazione, era il momento in cui le ragazze innestavano la freccia dentro l'arco.

Lanciato, sicuro di sé, Bob continuò: « Non troverete più un paio di pantaloni puliti nemmeno a peso d'oro! Vi concerò per le feste, sempre, » concesse, « che non veniate alla ragione, beninteso, e mi chiediate scusa, ed io potrò scegliere, col tempo, quella che dirò io ».

Aveva, con ciò, segnato il suo destino, ma volle, inconsciamente, proseguire oltre, volle suonare lui stesso la carica. Puntò il dito contro Mafalda e disse: « Tu sei esclusa fino da ora, naturalmente. Come tu mi dicevi ieri mattina, affari insieme noi non ne abbiamo mai fatti, né io... ».

Ed ora ciao, Bob, ciao! Mafalda gli piombò addosso fulminea, tenendo tese quelle stesse unghie che un minuto prima egli aveva disprezzato; e dietro di lei, in un tuffo solo, i corpi giovani, freschi, frenetici delle altre ragazze si riversarono su Bob, il quale, dopo avere vacillato sotto l'urto di Mafalda, ora giaceva a terra ed esse gli erano sopra, lo dilaniavano.

Loretta sbucò fuori carponi dall'intrico, saltellò attorno e batteva le mani, ora cercava un'apertura, nel groviglio, per entrarci col piede, e colpire, dolcemente tuttavia, da bambina. Non così le altre, ad ogni modo. E sui gridi forsennati di Mafalda, di Tosca, di Bice, di Silvana, i gemiti e le bestemmie soffocate di Bob, si levava il commento ilare, fanciullesco, di Loretta: « Così impàri bello mio, così impàri! ».

E Gina accorse, e forse perché era la più disperata di tutte, era la più calma di tutte, in quel momento, li scongiurava, piangente ma energica scioglieva un braccio dall'altro, una gamba dall'altra, un seno oppresso nel pugno chiuso di Bob, il seno solido e turgido di Mafalda. La mischia si allentò, scarmigliate e ansanti le ragazze si dettero un respiro, e Bob riuscì ad alzarsi, col suo bell'abito macchiato d'erba e sgualcito, il sangue gli colava da una guancia, dal labbro su cui la precedente enfiagione era scoppiata. Ora il Bob era finito, egli era Aldo e fuggiva. Ed era un ex atleta, un centometrista, malgrado tutto, subito tra lui e Mafalda che lo inseguiva reggendosi il seno offeso, e Tosca che le veniva dietro, mentre le altre sembravano desistere dall'impresa, Bob poté stabilire una distanza che gli apriva sicura la via della salvezza.

Ma così correndo, da disperato, andava diritto verso la quercia alta e solenne sotto la luna; egli dové correggere, sempre correndo, la sua direzione, sbandò, un piede gli si avvolse sull'altro, incespicò e cadde, Tosca e Mafalda gli erano già sopra, e rapida, approfittando che

Tosca, ingiuriandolo, mordendolo, lo impegnava, Mafalda si tolse la cinta del soprabito, riunì i piedi di Bob e glieli legò, stretti quanto le sue forze ne furono capaci. Ora Bob era immobilizzato, e Tosca, compresa la manovra dell'amica, si tolse la cinta che le ornava la gonna, decisa a sua volta, ad ammanettarlo, lo sciagurato.

Fu una lotta sorda, senza esclusione di colpi, finché Bob gettò un grido, perse per qualche istante la ragione, e tornando in sé, nella misura che poteva ancora essere in sé, si trovò legato anche alle mani: Mafalda gli aveva vibrato un colpo esatto, violento, a pugno chiuso, sotto l'inguine, là infatti, dove v'immaginate, e Bob ne era stato raggiunto in pieno.

Ecco, non più Bob, ma una spoglia, si rattrappiva su se stesso, gemeva. Le due ragazze si rialzarono in piedi, e anche le altre le raggiunsero, e ad eccezione di Gina che avrebbe voluto liberarlo, ma ne era impedita da Mafalda, la quale la tratteneva per la vita, tutte erano eccitate e ansimanti, gli stavano attorno, e lo deridevano. E siccome Bob continuava a lagnarsi, a implorare che lo slegassero, ormai destituito d'ogni velleità e ritegno, Mafalda respinse Gina lontano da sé, si chinò su Bob, ironica, sguaiata, disse:

« Guardiamo, dov'è che senti male? »

Egli era tutto rattratto, dolorante, arreso, ed era lì che sentiva male, lo disse come un bambino, piatendo che lo slegassero, che avrebbe tenuto la bocca chiusa, mai nulla nessuno avrebbe saputo in Sanfrediano.

Gina si era lasciata andare, piangeva tutte le sue lacrime, riversa poco lontano, e Bice su di lei, la confortava.

« Dov'è che ti duole? » ripeté Mafalda, e gli si era posta a cavalcioni coi ginocchi sull'erba, lo scopriva.

Allora il pudore poté più del dolore: egli si dibatté, cercò di mettersi su un fianco, disperatamente deciso a nascondere alla sua nemica la propria natura così umiliata e rattratta per via del colpo poco prima ricevuto - invano, Mafalda e le legature lo inchiodavano supino.

« Ora vediamo di fartelo passare, questo male che dici di avere, » ripeteva Mafalda, e sghignazzava, feroce lei adesso, nel violare quella soglia che Bob le aveva a suo modo preclusa. E ci riuscì, e Bob era raggomitolato più che poteva, dolorante, sbracato sotto di lei, allorché Mafalda batté le mani al di sopra della propria testa, e richiamando Tosca, Loretta, Silvana che istintivamente si erano allontanate per portarsi con Bice attorno a Gina, la quale adesso dava la testa sul prato in una crisi di disperazione, Mafalda esclamò – fu un urlo, pazzo e riflessivo insieme, da scoperta dell'oro e da cimitero scespiriano ad un tempo, disse:

« Figliole, figliole! Avevo ragione, era così, perciò gli piaceva il trastullo al Bob bello! Questo, figliole, questo è il *lilli* di un bambino! »

La sua indignazione era pari alla sua gioia, esorbitanti entrambe, e con i due sentimenti che la possedevano, cavalcioni su Bob come stava, poiché Bob aveva alzato la testa e non avendo altra difesa le sputava in viso, Mafalda, in risposta, gli menò un frontino; e la testa di Bob tornò e stornò due volte sull'erba del prato, che era poca cosa per attutirgli il colpo di grazia così ricevuto. Si rilassò, il cielo carico di luna, fitto di stelle, gli scendeva sugli occhi, ed egli li chiuse, distese le gambe, vinto, ansimante, mormorò appena: « Sei una schifosa », e si tacque.

« Venite, ragazze! » ella gridava, e tormentava il sesso spento di Bob, folle, impudica. « Non fate le santine, qui si tratta di rendersi conto di uno sbaglio di natura! Venite a vedere cosa vi aspettava, dopo la scelta! »

La curiosità le spinse, le ragazze di Sanfrediano, guardarono, e tutte, anche Bice che aveva avuto altri fidanzati prima di Bob, e quindi era in grado di confrontare e di capire, furono pronte ad attribuire alla propria inesperienza le dimostrazioni di virilità che Bob gli aveva dato, ed a persuadersi che la verità era quella che appariva e che Mafalda, altrimenti pratica ed esperta, gli suggeriva e convalidava.

« Cosa mi dici! »

« Ma davvero? »

« Che vergogna! »

« Mamma mia! »

E Gina, che avrebbe potuto smentirle, e contestare coi fatti a Mafalda il suo giudizio, giaceva bocconi poco distante, sul prato del suo giorno d'Ascensione, scossa dai singhiozzi in una crisi che la mantenne estranea al crimine che le amiche stavano perpetrando.

Tuttavia Mafalda, ormai invasata, demoniaca, doveva ancora consumare la sua nefandezza. Suo padre ella pensò, le attendeva con la carrozza dietro il viale, certamente ubriaco, ora più di quanto lo fosse al momento che le aveva accompagnate – questo bastò per deciderla all'abbominio. E non fu sola, dapprima, associò Tosca al suo misfatto.

Tosca, cioè, la più emotiva. Ella, similmente a Mafalda, e forse in misura anche maggiore, soffriva di uno spasimo fisico in quel momento, incontrollabile e allucinante: guardava Bob disteso supino, scoperto, e fremeva, trattenersi dall'assalirlo le costava una sofferenza inaudita, la dissanguava. Mafalda le sussurrò all'orecchio il suo progetto insensato e Tosca annuì. Erano due Furie, la vergine e la peccatrice, erano Alecto e Tesifone e si dettero la mano attraverso il corpo inerte di un

Oreste senza peccato, squallido e domo, indegno del suo Areopago.

Mentre Bice, Silvana e Loretta, diversamente confuse e contristate, ma ora veramente pentite dell'eccesso a cui erano pervenute, si facevano attorno a Gina, la sollevavano e la confortavano, Tosca e Mafalda trascinavano Bob ai margini del prato.

« Lo andiamo a far rinfrescare e torniamo, » gridò Mafalda.

Invece, scioltigli i piedi, sorreggendolo alle ascelle, lo condussero fuori il prato e per il viale deserto, fino alla carrozza. Egli era una spoglia d'uomo, pieno di acciacchi, di risentimenti e dolori in ogni parte del corpo, e con la mente finita di svanire sotto il colpo del frontino, era un condannato a morte e seguiva i suoi carnefici, uno di qua uno di là ai suoi fianchi, che lo accompagnavano. Adagiato che fu sulla carrozza, ebbe un attimo di lucidità, disse: « Perché mi legate un'altra volta i piedi, vi sbagliate, dovete sciogliermi le mani ». Ma un nuovo e definitivo frontino di Mafalda, un secondo e feroce cazzotto sugli attributi, lo mandò a sbattere sul ferro della capotta ribaltata e gli tolse, questa volta del tutto, la conoscenza.

E loro, le due ragazze, erano adesso due briganti di strada, spaventosi, bellissimi, la bionda e la rossa, dallo sguardo gelido e i gesti sicuri. Mafalda destò suo padre addormentatosi seduto sull'opposto predellino, lo consigliò di accomodare la coperta sulla groppa del cavallo, e il vecchio Panichi, incotto dal sonno e dal vino, si disponeva all'operazione, allorché Mafalda, già in serpa e con le redini nelle mani, le tirò, e il cavallo staccò il suo trotto stanco, di cavallo da fiaccheraio, abbastanza tuttavia per lasciare appiedato il suo padrone.

Così, svenuto, sbracato, un ecceomo, messo per traverso sugli strapuntini, con le due giovani e sciagurate in serpa che lo deridevano, Bob fece il suo ingresso in Sanfrediano. Soltanto al momento di oltrepassare la Porta, quando già la carrozza si trascinava dietro il popolo di via Pisana e del Pignone, Tosca, come se le antiche Mura l'avessero richiamata alla ragione, era saltata a terra e si lasciava sommergere dal nugolo schiamazzante che faceva seguito ed attorniava la vettura. Era una domenica, le dieci, le undici forse della sera, e le strade, le bettole, i caffè ancora al completo della loro gente, uscivano gli spettatori dal Cinema Orfeo, e sulla soglia del Circolo, in attesa proprio di lui, Bob, biliardiere, rubacuori e partigiano, c'erano Gianfranco, il Barcucci e i loro amici. E Mafalda, ora più di prima folle e indemoniata, batteva la frusta sulla groppa del cavallo, la schioccava nell'aria, e gridava:

« Guardatelo Bob, il bel Bob! Le ragazze di Sanfrediano lo scomunicano, sono io che ve lo dico! Sposatele tutte, andateci a letto tranquilli, Bob non ha toccato nessuna delle sue belle. E come l'avrebbe potute toccare, con che cosa? »

Finché, sullo schiamazzo sopravvenne la pietà, il buonsenso e il pudore, e veloce sulla sua stampella accorreva il Barcucci fiancheggiato dai suoi ragazzi, disperse l'assembramento, tirò giù Mafalda e le impresse sul viso quegli schiaffi che Bob le aveva promesso e non le aveva dato, e che le sciolsero in pianto, in convulsioni, la sua tensione. Bob fu preso a braccia, trasportato nel Circolo, tornò in sé, si riordinò, e quando aprì bocca, la prima cosa che disse, disse:

« È stata una cenciata! » Poi si rivolse al Barcucci e commentò: « Sono ancora quelle di una volta... ».

« Certo, meglio e più alla svelta di così, il pizzicore non te lo potevano levare, » gli rispose il Barcucci, e affettuoso, paterno aggiunse: « Ma tu, dico io, va bene, non è colpa tua, è una disgrazia, ma Santo Dio, sapendoti nelle tue condizioni, proprio il Bob ti sei messo a fare! ».

E Fernando, di rincalzo: « Ora ne avrai bisogno, di amici, per riguadagnarti un po' di credito, in Sanfrediano ».

Molti, se tutte le sue donne l'abbandonavano. Gina rientrava giusto allora nel rione, con Bice e Silvana e Loretta che l'accompagnavano. Erano un gruppo di indefinibili Marie, già informate della successione dei fatti, raccoglievano i commenti della gente, le risa, la mordacia con cui i sanfredianini, e le donne, le ragazze che da tempo Bob aveva escluso dal suo cerchio, Leda, Tina, Rossana e quelle che fino ad allora avevano spasimato per un suo sguardo, infierivano su colui al quale, addirittura la sera prima, avevano levato più alto il piedistallo. E nessuna di esse fu una vera Maria, infedeli tutte, come Tosca, come Mafalda, sorridevano, pudiche, e le loro guance s'imporporavano.

« Ma via! »

« Davvero? »

« Proprio Bob? »

« No, no, non voglio sentire! »

Era dunque così decaduto, Bob dal loro cuore? Nulla, nemmeno la nostalgia di un suo bacio, di una sua parola, suscitò uno slancio in suo favore?

Bob era solo, chiuso nella toletta del Circolo, si guardava il labbro spaccato, i graffi sulla guancia, e i lucciconi gli sgorgavano dalle belle ciglia. Era il pianto dell'uomo inerme, che ha il mondo intero contro di sé, e sa che la verità (una verità già fin da quel momento, trascorso ormai il dolore, facile a dimostrare!) non gli basta per essere riabilitato, siccome è una verità che non può venire affissa sui cantoni.

Sui cantoni, Cesarino e la sua banda di ragazzi, scrivevano fino da quella sera il nome di Bob, e accanto un verbo e un aggettivo che lo riguardavano, e le ragazze di Sanfrediano, nessuna esclusa, *nessuna esclusa*, leggevano passando ciò che stava scritto a gesso e a carbone sopra i muri di via San Giovanni e di via della Chiesa e del Leone, e si congratulavano a vicenda, di averla scampata bella, meno male.

Questo sei mesi fa. Ora la situazione è un tantino migliorata, o per lo meno i pettegolezzi e le ironie sono d'altra specie: Bob e Mafalda si sono ufficialmente fidanzati, lei è entrata a lavorare in una tintoria e le calze di seta le ha deposte nel cassetto. Si sposeranno a primavera, naturalmente, poiché le nozze di Gina col suo cenciaiolo, avvenute in ottobre, rappresentarono, secondo il concetto che le ragazze di Sanfrediano hanno del matrimonio e delle sue stagioni, un'eccezione. Ormai, gli affari di cuore, ognuno è tornato a tenerli segreti; possiamo dire questo tuttavia: Fernando ha raccolto lo scettro a cui aspirava. Ma non lo chiamano più né Bob né Fernando, lo chiamano Tirone. Deve pur esserci un Gobbo in Sanfrediano, altrimenti come farebbero le ragazze a dannarsi l'esistenza, che sugo ci sarebbe incontrare il primo ed ascendere l'altare?

(1948)

Indice

« Le ragazze di Sanfrediano »
di Vasco Pratolini
Oscar Scrittori del Novecento
Arnoldo Mondadori Editore

Questo volume è stato stampato
presso Arnoldo Mondadori Editore S.p.A.
Stabilimento Nuova Stampa - Cles (TN)
Stampato in Italia - Printed in Italy

N. 003823